# रॉबिनहुड

## की कहानियाँ

अजय राज

ज्ञान गंगा, दिल्ली

प्रकाशक : ज्ञान गंगा, 205-सी चावड़ी बाजार, दिल्ली-110006
सर्वाधिकार : सुरक्षित / संस्करण : प्रथम, 2012 / मूल्य : दो सौ रुपए
मुद्रक : भानु प्रिंटर्स, दिल्ली ISBN 978-93-80183-86-2

**ROBINHOOD KI KAHANIYAN** *by* Ajay Raj Rs. 200.00
Published by Gyan Ganga, 205-C Chawri Bazar, Delhi-110006

## दो शब्द...

'रॉबिनहुड' इंग्लैंड की प्रसिद्ध लोक कथाओं में से एक है। सर विलियम स्कॉट द्वारा लिखा यह बाल उपन्यास बहुत ही रोचक और रोमांचकारी है। यह उपन्यास एक ऐसे विद्रोही वीर पुरुष की कहानी है, जिसने अनेक लोगों को कोतवाल और पादरियों के जुल्मों से मुक्ति दिलवाई। बचपन में रॉबर्ट नाम का बालक भी कोतवाल और पादरियों के जुल्मों का शिकार हुआ। वह भी औरों की तरह जंगल की ओर चल दिया। जंगल में लुटेरों के साथ मिलकर उनका सरदार बना। यही बाल लुटेरों और इंग्लैंड की जनता के बीच रॉबिनहुड के नाम से जाना गया। अपनी अचूक निशानेबाजी, दिलेरी और नेतृत्व की क्षमता के कारण ही रॉबिनहुड के किस्से इंग्लैंड में मशहूर हुए। पुस्तक पाठकों को अवश्य ही रोचक एवं मनोरंजकता का आभास कराएगी।

—प्रकाशक

# कहाँ क्या है?

# जंगल का राजा रॉबिनहुड

बात उस समय की है, जब इंग्लैंड में हेनरी नाम का राजा शासन करता था। हेनरी को शिकार करने का बहुत शौक था। अकसर वह इंग्लैंड के घने जंगलों में अपने सैनिकों के साथ निकल जाता था। वहाँ के जंगलों में केवल राजा को ही शिकार करने की अनुमति थी। अन्य किसी भी व्यक्ति के लिए शिकार करना अपराध माना जाता था। इसके लिए दोषी व्यक्ति को फाँसी की सजा दी जाती थी।

नॉटिंघम शहर के पास एक जंगल था, जिसका नाम शेरवुड था। उसी तरह बर्न्सडेल शहर के पास भी एक जंगल था। शेरवुड के जंगल की देखभाल के लिए एक व्यक्ति नियुक्त किया गया, जिसका नाम फिटज़ुथ था।

फिटज़ुथ के एक लड़का था, जिसका नाम रॉबर्ट था। वह बचपन से ही अपने पिता के साथ जंगल में इधर-उधर घूमा करता था। इसलिए जंगल के पेड़-पौधों और जीव-जंतुओं को वह अच्छी तरह पहचानने लगा था। धीरे-धीरे वह बड़ा होने लगा। वह अकेला तीर-कमान लेकर जंगल में घूमने चला जाता। थोड़े ही दिनों में वह बहुत अच्छा निशानेबाज बन गया।

रॉबर्ट के पिता उसे अकसर डाकुओं और लुटेरों की कहानियाँ सुनाया

करते थे। रॉबर्ट इन साहसपूर्ण कहानियों को सुनकर बहुत खुश होता था। कुछ दिनों के पश्चात् उसके मन में इच्छा उत्पन्न हुई कि क्यों न वह भी कुछ साहसिक कार्य करे, जिससे उसका नाम हो।

रॉबर्ट का चाचा भी नॉटिंघम शहर के पास ही रहता था। चाचा का एक लड़का था, जिसका नाम विल था। शेरवुड के जंगल से थोड़ी दूर पर हंटिंगटन का एक किला था। वहाँ के अमीर की लड़की मेरियन, विल और रॉबर्ट बचपन के साथी थे। तीनों अकसर साथ-साथ जंगल में घूमा करते थे, लेकिन रॉबर्ट के पिता और मेरियन के पिता एक-दूसरे के कट्टर दुश्मन थे। लोगों का कहना था कि मेरियन का पिता रॉबर्ट के पिता को राजा की मदद से दरबार से निकलवाकर खुद अमीर बन बैठा था। बरसों से दोनों में दुश्मनी चली आ रही थी, लेकिन रॉबर्ट और मेरियन अपने-अपने पिता की इस दुश्मनी की परवाह किए बिना साथ-साथ खेला करते थे।

नॉटिंघम शहर का कोतवाल और हरफोल्ड का पादरी भी रॉबर्ट के पिता के दुश्मन थे। हंटिंगटन के अमीर, कोतवाल और उस पादरी ने मिलकर रॉबर्ट के पिता के खिलाफ राजा के कान भरे और उसे दरबार की नौकरी से निकलवा दिया था।

एक समय की बात है, जब रॉबर्ट सिर्फ उन्नीस साल का था। जाड़े के दिन थे और कड़ाके की ठंड पड़ रही थी। एक दिन जंगल का नया रखवाला आया और उसने आते ही रॉबर्ट के पिता तथा उसके पूरे परिवार

को घर से बाहर निकाल दिया। मौका देखकर नॉटिंघम के कोतवाल ने रॉबर्ट के पिता के ऊपर एक झूठा आरोप लगाकर उसे कैद कर लिया। रॉबर्ट और उसकी माँ को उस दिन कैदखाने के बरामदे में ठहरने की इजाजत मिली, लेकिन दूसरे ही दिन सुबह उन्हें वहाँ से भी भगा दिया गया। और कोई चारा न होने पर उन दोनों को रॉबर्ट के चाचा के घर शरण लेनी पड़ी।

उन दिनों रॉबर्ट की माँ की तबीयत ठीक नहीं थी। बीमारी की हालत में उसे जाड़े के दिनों में जंगल में भटकना पड़ा। इससे वह और भी ज्यादा बीमार हो गई। दो महीने बाद ही उसकी मृत्यु हो गई। रॉबर्ट के दुःख की सीमा न रही, इतना ही नहीं, थोड़े ही दिनों में उसके पिता की भी मृत्यु हो गई, जो अभी कैदखाने में ही थे।

अब रॉबर्ट अकेला रह गया। उसके चाचा ने अपने बेटे विल को पढ़ने के लिए स्कूल भेज दिया। उधर जब हंटिंगटन के अमीर को यह मालूम हुआ कि रॉबर्ट और उसकी बेटी मेरियन में दोस्ती है तो उसने मेरियन को रानी की सेवा के लिए लंदन भेज दिया। मेरियन लंदन चली गई। इस तरह रॉबर्ट बिलकुल अकेला रह गया। अब रॉबर्ट दिन भर, तीर-कमान लेकर अपने चाचा के साथ जंगल में भटकता रहता था।

एक दिन खाना खाते समय चाचा ने उससे कहा, "रॉबर्ट, तुमने एक बात सुनी?"

"कैसी बात, चाचा?"

चाचा ने कहा, "नॉटिंघम में एक बड़ा भारी मेला लगने वाला है। कोतवाल ने ऐलान किया है कि उस मेले में तीरंदाजी की एक प्रतियोगिता भी होगी। जो व्यक्ति इसमें जीतेगा, उसे राजा के जंगल का रखवाला बना दिया जाएगा। इसके अलावा उसे सोने का एक तीर भी इनाम में दिया जाएगा।"

रॉबर्ट सोच में पड़ गया। कुछ देर सोचने के बाद रॉबर्ट ने कहा, "चाचाजी! मैं भी इस प्रतियोगिता में भाग लूँगा।"

इसके बाद रॉबर्ट ने प्रतियोगिता में भाग लेने की तैयारी प्रारंभ कर दी। वह तीर चलाने का घंटों अभ्यास करने लगा। बड़ी मेहनत से उसने अपने लिए बहुत अच्छे तीर-कमान तैयार किए। इसके बाद उसने चाचा से इजाजत ली और नॉटिंघम के लिए रवाना हो गया।

रास्ते में उसे एक घना जंगल मिला, लेकिन रॉबर्ट को जंगल के सारे रास्ते मालूम थे। कुछ दूर जाने पर उसने देखा कि जंगल के पहरेदार एक पेड़ के नीचे बैठकर गप्पें मार रहे हैं। इनमें से एक को रॉबर्ट ने फौरन पहचान लिया। वह वही रखवाला था, जिसने उसके पिता को नौकरी से निकलवाया था और उसकी जगह खुद जंगल का रखवाला बन गया था।

रॉबर्ट ने उसे पहचान तो लिया, लेकिन फिर भी उससे कुछ बोले बिना ही वह अपने रास्ते चुपचाप जाने लगा, लेकिन उस चौकीदार को मजाक सूझा और उसने रॉबर्ट की ओर इशारा करते हुए कहा, "वाह, देखो, कितना बड़ा तीरंदाज जा रहा है! ऐसे बहादुर तो आजकल देखने

को नहीं मिलते। क्यों रे, यह टके का तीर-कमान लेकर कहाँ जा रहा है? कहीं मेले में लड़ने तो नहीं जा रहा?"

रॉबर्ट को उसकी यह बात अच्छी नहीं लगी, फिर भी वह बोला, "पहरेदार साहब, इस तरह क्यों बोल रहे हो?क्या तुम्हारे तीर-कमान से मेरा तीर-कमान कुछ कम है? कहीं तुम यह तो नहीं सोचते हो कि तुम मुझसे ज्यादा अच्छा निशाना लगा सकते हो, अगर ऐसा है तो आओ, यहीं देख लिया जाए। देखें, किसका निशाना अचूक है?"

पहरेदार गुस्से से तिलमिला उठा। वह फौरन खड़ा होकर बोला, "छोटा मुँह बड़ी बात! कहीं तुम्हारा दिमाग तो नहीं खराब हो गया। यदि ऐसा है तो मैं तुम्हें एक स्थान बताता हूँ, वहाँ तक तुम तीर मारो तो मैं तुम्हें इनाम दूँगा और अगर नहीं मार सके तो तुम्हारा तीर-कमान छीनकर तुम्हें यहाँ से भगा दूँगा।"

लगभग दो सौ गज की दूरी पर हिरनों का एक झुंड चर रहा था। पहरेदार को लगा कि वहाँ तक शायद ही इसका तीर पहुँच सके। उसने कहा, "अच्छा लड़के, देख, वे जो हिरन दिखाई दे रहे हैं, उनमें दाहिनी ओर जो हिरन खड़ा है, यदि तूने उस हिरन को मार दिया, तभी मैं तुझे तीरंदाज मानूँगा।"

रॉबर्ट कुछ नहीं बोला। उसने तुरंत एक तीर निकाला और धनुष को कान तक खींचकर तीर चला दिया। पलक झपकते ही वह हिरन उछलकर जमीन पर गिर पड़ा। तीर उसके पेट में घुस चुका था।

पहरेदार ने जब यह दृश्य देखा तो वह आश्चर्यचकित रह गया। उसके दूसरे साथी भी चकित रह गए ।ब पहरेदार बोला, "लड़के, तुझे मालूम नहीं कि तूने कितना बड़ा अ ।ध किया है। ये राजा के हिरन हैं। इस जंगल में शिकार खेलने वाले को मौत की सजा दी जाती है। यदि तुझे अपनी जान प्यारी है तो तुरंत यहाँ से भाग जा, वरना गिरफ्तार कर लिया जाएगा।"

पहरेदार की बात सुनकर रॉबर्ट को गुस्सा आ गया और बोला, "क्यों, तुमने ही तो मुझसे कहा था कि हिरन को मार दो, अब उलटे मुझे पकड़े जाने की धमकी दे रहे हो। मैं तुम्हें अच्छी तरह से जानता हूँ, तुमने ही मेरे पिता को नौकरी से निकलवाया था। आज मुझे भी तुमने धोखा दिया है। खैर, किसी दिन तुम्हें इसका जवाब दूँगा।" यह कहकर रॉबर्ट वहाँ से चल पड़ा।

जंगल का रखवाला यह सुनकर चौंक गया, फिर उसने तुरंत रॉबर्ट को निशाना बनाकर एक तीर छोड़ा। ऐसा करते समय अचानक उसे एक ठोकर लगी और उसका हाथ हिल गया। रॉबर्ट बच गया और तीर उसके कान के पास से होकर निकल गया। रॉबर्ट तुरंत उछलकर एक ओर खड़ा हो गया और पलटकर उसने भी तीर चलाया। रॉबर्ट का तीर उसकी छाती में घुस गया था। रखवाला चीखकर जमीन पर गिर पड़ा और देखते-ही-देखते उसके प्राण-पखेरू उड़ गए।

रॉबर्ट ने अपने पिता पर हुए अत्याचार का बदला ले लिया था, लेकिन

रखवाला राजा का नौकर था, पकड़े जाने पर उसे फाँसी की सजा होती, यह सोचकर रॉबर्ट घबरा गया और वहाँ से भाग गया। पहरेदार के साथी इतना घबरा गए कि पहले तो उनकी समझ में ही नहीं आया कि क्या करे? फिर उनमें से कुछ पहरेदार को उठाने के लिए दौड़े और कुछ रॉबर्ट के पीछे दौड़ पड़े, लेकिन रॉबर्ट उनके हाथ नहीं आया। वह बड़े-बड़े पेड़ों के झुरमुट में ओझल हो गया।

इसी रॉबर्ट को उसके साथी प्यार से 'रॉबिनहुड' कहा करते थे। बाद में सब लोग उसे रॉबिनहुड के नाम से ही जानने लगे।

# जंगल के लुटेरे

रॉबिनहुड जंगल में घने पेड़ों के बीच छुपता–छुपाता एक झोंपड़ी के पास आकर रुक गया। उस झोंपड़ी में एक गरीब विधवा बुढ़िया रहती थी, जिसे रॉबिनहुड पहले से ही जानता था। बुढ़िया ने झोंपड़ी के बाहर देखा तो वह भी रॉबिनहुड को तुरंत पहचान गई और उसे झोंपड़ी के अंदर ले गई। बुढ़िया के पूछने पर रॉबिनहुड ने अपनी सारी आपबीती सुना डाली।

उसकी बातें सुनकर बुढ़िया बोली, "बेटा! तुम तो बहुत बड़ी मुसीबत में फँस गए हो। आजकल अमीर और दूसरे बड़े लोग गरीबों को बहुत सताते हैं। जरा से अपराध के लिए कड़ी सजाएँ दी जाती हैं। सजा के डर से गरीबों के बच्चे जंगलों में छिपते फिरते हैं और लूटमार करके किसी तरह अपना पेट भरते हैं। मेरे लड़के भी इसी कारण लुटेरों के साथ मिल गए। उनका गुनाह सिर्फ इतना था कि जब उन्हें खाने को कुछ नहीं मिला तो मजबूर होकर एक हिरन का शिकार कर लिया। बस इसी कारण उन्हें डाकू और लुटेरे करार दिया गया। अब वे घर–बार छोड़कर जंगल में छिपे–छिपे फिरते हैं। उन्होंने मुझे बताया कि उन जैसे ही करीब चालीस व्यक्ति इसी जंगल में छिपकर रह रहे हैं।"

रॉबिनहुड ने पहले तो बुढ़िया की बात सुनी, फिर बोला, "दादी! वे

लोग कहाँ रहते हैं? मैं उनसे मिलना चाहता हूँ।"

"मुझे तो ठीक-ठीक पता भी नहीं मालूम कि वे लोग कहाँ रहते हैं, लेकिन आज तुम यहीं रह जाओ। रात में मेरे लड़कों से तुम्हारी मुलाकात हो जाएगी। वे आज रात आने वाले हैं।" बुढ़िया बोली।

रॉबिनहुड को बुढ़िया की बात उचित लगी और वह वहीं रुक गया।

काफी रात बीतने पर बुढ़िया के तीनों लड़के उससे मिलने के लिए झोंपड़ी में आए। बुढ़िया ने उन्हें रॉबिनहुड से मिलवाया। उन लोगों से मिलकर रॉबिनहुड को बहुत खुशी हुई। जब बुढ़िया के तीनों लड़कों ने देखा कि रॉबिनहुड उन्हीं की तरह है तो उन्होंने उससे दोस्ती कर ली और अपने गुप्त स्थान का पता बता दिया। फिर बोले, "तुम्हें प्रतिज्ञा करनी होगी कि तुम हमारे विषय में किसी को कुछ नहीं बताओगे।"

बड़ा भाई बोला, "रॉबिनहुड! हम लोग अपने दल के लिए एक सरदार की तलाश में हैं। कोई भी व्यक्ति हमारा सरदार हो सकता है, किंतु शर्त केवल यही है कि नॉटिंघम के मेले में जाकर जो प्रतियोगिता में सबको हराएगा और सोने का तीर जीतकर लाएगा, उसे ही हम अपना सरदार बनाएँगे।"

रॉबिनहुड बोला, "मैं भी नॉटिंघम जा रहा हूँ। मौका देखकर मैं भी प्रतियोगिता में भाग लूँगा। देखता हूँ सफलता मिलती है या नहीं।"

रॉबिनहुड ने नॉटिंघम में होनेवाली तीरंदाजी प्रतियोगिता में भाग लेने का दृढ़ निश्चय कर लिया। लेकिन रॉबिनहुड ने राजा के रखवाले की

हत्या की थी, इसलिए उसका वहाँ जाना मुश्किल था। अगर जाता तो सिपाही उसे पकड़ लेते, इसलिए उसने वहाँ वेश बदलकर जाने का निश्चय किया।

उधर नॉटिंघम शहर में विशाल मेला लगा हुआ था। दूर-दूर से लोग इस मेले का आनंद लेने के लिए आए हुए थे। मेले में ही शहर कोतवाल ने ऐलान करवा दिया था कि जो कोई रॉबर्ट नाम के लुटेरे को पकड़वाएगा, उसे तीन हजार रुपए का इनाम दिया जाएगा, लेकिन लोग मेले की खुशी में इस तरह उत्साहित थे कि उन्होंने कोतवाल के ऐलान की ओर ध्यान ही नहीं दिया।

नॉटिंघम की सुंदरता देखते ही बनती थी। उसके आस-पास एक बहुत मजबूत चारदीवारी थी। पूरा शहर एक किले की भाँति लगता था। शहर के दरवाजे बंद हो जाने पर अंदर किसी का भी जाना संभव नहीं था। सिपाही शहर में घूम-घूमकर पहरा दे रहे थे। उन्हें भी कोतवाल ने इनाम देने का वादा कर रखा था। शहर में आनेवाले हर नए व्यक्ति को सिपाही ध्यान से देखते और उसका पीछा करके यह जानने की कोशिश करते कि कहीं यह रॉबर्ट तो नहीं है। रॉबिनहुड के पिता से शहर का कोतवाल नाराज था, इसका बदला वह रॉबिनहुड से लेना चाहता था।

मेले में कई प्रकार की प्रतियोगिताएँ आयोजित की गई थीं, जिनमें से एक प्रतियोगिता तीरंदाजी की भी थी। इन प्रतियोगिताओं को देखने के लिए बहुत बड़ी संख्या में लोग आए थे। दूर-दूर के नामी तीरंदाज इसमें

भाग ले रहे थे। इनमें एक भिखारी भी था। उसके शरीर पर बहुत फटे-पुराने कपड़े थे। उसके पैरों में फटे हुए जूते और सिर पर पीले रंग का एक बड़ा भारी टोप था। उसका चेहरा बड़ा बदसूरत था और वह लँगड़ाकर चलता था। उसे जो भी देखता, हँसे बिना न रहता।

भिखारी का वेश बनाकर प्रतियोगिता में भाग लेने वाला व्यक्ति कोई ओर नहीं, रॉबिनहुड था। उसके साथ एक बलवान व्यक्ति और था, उसने अपनी आँखों पर लाल पट्टी बाँध रखी थी। दोनों ने शहर में प्रवेश किया, लेकिन इन्हें कोई पहचान न सका। सिपाहियों को भी कोई शक नहीं हुआ कि ये दोनों कौन हैं।

जिस मैदान में प्रतियोगिता होनी थी, उसके आस-पास हजारों दर्शकों की भीड़ थी। मैदान के एक ओर ऊँचे मंच पर शहर का कोतवाल अपनी लड़की के साथ बैठा था। कोतवाल के पास बड़ा पादरी भी बैठा हुआ था। कोतवाल के दाहिनी ओर एक अत्यंत सुंदर लड़की बैठी थी। वह मेरियन थी। मेरियन को देखकर रॉबिनहुड की खुशी का ठिकाना न रहा।

कुछ समय बाद ही प्रतियोगिता आरंभ हो गई। कुछ दूरी पर लकड़ी का एक गोल टुकड़ा टँगा हुआ था, जिसके बीच में काले रंग का एक चक्र बना था। चक्र के ठीक बीचोबीच एक छोटा सफेद निशान था, इसी निशान पर तीर का निशाना लगाना था। बारी-बारी से सभी तीरंदाज निशाना लगाने लगे। सिर्फ बारह निशानेबाजों के तीर निशाने पर ठीक पहुँचे। उस भिखारी और उसके साथ आए युवक का तीर, जिसने अपनी

आँखों पर लाल पट्टी बाँध रखी थी, बड़ी सफाई से छेद को पार कर गया। यह देखकर लोगों ने खुशी से तालियाँ बजाईं।

इसके बाद दूसरे निशाने पर तीर मारना था। यह निशाना साठ गज दूर था। इस बार सिर्फ पाँच तीरंदाज ही सही निशाना लगा सके। इस बार भी भिखारी और उसके साथी ने बड़ी सफाई से तीर चलाए। भिखारी को देखकर जो लोग पहले उसका मजाक उड़ा रहे थे, अब वे उसकी तारीफ करते नहीं थकते थे।

तीसरे दौर में निशाना बहुत दूर रखा गया था। पाँचों तीरंदाजों ने एक के बाद एक निशाने पर तीर मारे। पहले कोतवाल, हंटिंगटन के जमींदार और पादरी के तीरंदाजों ने निशाने पर तीर मारे, लेकिन किसी का तीर सही निशान पर नहीं लगा। इसके बाद रॉबिनहुड की बारी आई। पलक झपकते ही उसका तीर निशाने पर जा लगा। देखने वाले खुशी से चीख पड़े। उन्होंने तालियाँ बजाकर उसका स्वागत किया।

इसके बाद उस युवक की बारी आई, जो आँखों पर पट्टी बाँधे हुए था। उसने हवा का खयाल नहीं किया और तीर चला दिया। तीर निशाने पर नहीं बैठ सका। पाँचों तीरंदाजों में जीत सिर्फ रॉबिनहुड की हुई।

आँखों पर पट्टी बाँधे हुए युवक ने कहा, "भई, मेरा तीर निशाने पर नहीं बैठ सका, जीत तुम्हारी हुई। मुझे हारने का कोई अफसोस नहीं। तुम्हें सोने का तीर इनाम में मिलेगा, यह सोचकर मुझे बड़ी प्रसन्नता हो रही है। जाओ, अब तुम इनाम ले लो।" यह कहकर वह लोगों की भीड़ में गायब हो गया।

इसके बाद कोतवाल का एक नौकर आगे बढ़ा। वह रॉबिनहुड को कोतवाल के पास ले गया। कोतवाल बोला, "तुम तीरंदाजों के उस्ताद मालूम होते हो। तुम्हारा नाम क्या है?"

"हुजूर! लोग मुझे रोब कहते हैं।" रॉबिनहुड बोला।

"रोब, यह भी कोई नाम हुआ! खैर, यह लो सोने का तीर। तुम्हें यह इनाम प्रतियोगिता में विजयी होने पर दिया जाता है।"

रॉबिनहुड ने तीर ले लिया, फिर वह मेरियन के पास पहुँचा और तीर उसे भेंट कर दिया। अब तक मेरियन उसे कुछ-कुछ पहचान गई थी। तीर लेकर वह बोली, "तीरंदाजों के उस्ताद रोब, तुम्हारी इस जीत से मैं बहुत खुश हूँ। तीर के लिए धन्यवाद।"

रॉबिनहुड ने सिर झुकाकर मेरियन को सलाम किया, फिर वहाँ से चल दिया। कोतवाल को यह अच्छा नहीं लगा।

वह मेरियन को चाहता था। ईर्ष्या से ग्रस्त होकर उसने तुरंत अपने सिपाहियों को हुक्म दिया कि इस व्यक्ति पर कड़ी नजर रखी जाए, लेकिन रॉबिनहुड वहाँ से गायब हो चुका था।

उसी रात को शेरवुड के जंगल में एक जगह चालीस लुटेरे इकट्ठा हुए। वे सब आग जलाकर बैठे हुए थे और किसी का इंतजार कर रहे थे। कुछ देर बाद रॉबिनहुड वहाँ आ पहुँचा। उसे देखकर सभी लोग खड़े हो गए, फिर उस बुढ़िया के तीनों लड़के आगे बढ़े। उन्होंने रॉबिनहुड से कहा, "आज से तुम हमारे सरदार हुए। तुमने प्रतियोगिता में विजय प्राप्त

की है। इस समय तुम सबसे बड़े निशानेबाज हो। हम तुम्हारा स्वागत करते हैं। क्या तुम वह सोने का तीर लाए हो?"

रॉबिनहुड बोला, "सोने का तीर तो मेरे पास नहीं है, लेकिन कोई बात नहीं, मैं तुम्हारे दल में एक साधारण तीरंदाज की ही तरह रहूँगा।"

तभी अचानक वहाँ एक व्यक्ति आगे आया। यह वही युवक था, जिसने अपनी आँखों पर पट्टी बाँध रखी थी। वह बोला, "भाई, तुम इस समय दुनिया के सबसे अच्छे निशानेबाज हो। एक बहादुर की तरह मैं तुम्हारा स्वागत करता हूँ। मैं तुम्हें रॉबिनहुड के नाम से ही बुलाऊँगा और तुम्हारे अतिरिक्त किसी दूसरे को अपना सरदार नहीं मानूँगा। मेरा नाम विल स्टटली है। मैं हमेशा तुम्हारे साथ रहूँगा और तुम्हारा कहना मानूँगा।"

विल स्टिटली लुटेरों में सबसे बड़ा तीरंदाज था, जब उसने इस प्रकार रॉबिनहुड का स्वागत किया तो दूसरे लोग भी खुशी से झूम उठे। सबने रॉबिनहुड को अपना सरदार मान लिया। रॉबिनहुड के सरदार बनने पर उस बुढ़िया को भी प्रसन्नता हुई जो एक विधवा का जीवन व्यतीत कर रही थी। सभी ने रॉबिनहुड के सरदार बनने की खुशी में रात भर जश्न मनाया।

# लिटिल जॉन से मुलाकात

समय धीरे-धीरे आगे बढ़ने लगा था। साथ ही रॉबिनहुड की टोली भी शहर में काफी चर्चित हो गई थी। शहर के लोग उसके विषय में तरह-तरह की बातें करने लगे थे। कुछ उसके चाहने वाले थे तो कुछ दुश्मन भी थे, जिनमें से एक तो शहर का कोतवाल ही था। कोतवाल ने कई सिपाहियों को उन्हें पकड़ने के लिए भेजा, लेकिन किसी को सफलता नहीं मिली। लोग लुटेरों का नाम सुनकर ही काँप उठते थे। लेकिन जब उन्होंने देखा कि रॉबिनहुड के दल के लोग बड़े-बड़े अमीरों और धनवानों को लूटकर गरीबों की मदद करते हैं, तो धीरे-धीरे रॉबिनहुड और उसके साथियों के प्रति उनकी श्रद्धा बढ़ने लगी। लोग उनको सिपाहियों के हाथ में पड़ने से बचाते थे। यही नहीं, बहुत से नौजवान भी रॉबिनहुड के दल में शामिल होने लगे। धीरे-धीरे उसकी टोली के सदस्यों की संख्या बढ़ती गई।

समय और आगे बढ़ता गया! रॉबिनहुड को अब अच्छा नहीं लगता था कि रात-दिन जंगल में छिपकर रहा जाए और लूटमार की जाए। एक दिन उसने अपने साथियों से कहा, "मैं जरा शहर हो आऊँ, तुम लोग यहीं जंगल में छिपे रहना और मेरी तुरही की आवाज पर तुरंत चले आना।" यह कहकर रॉबिनहुड वहाँ से चल पड़ा।

कुछ समय पश्चात् वह एक नदी के किनारे पहुँचा। इस नदी को पार करने पर वह शहर जल्दी पहुंच सकता था। दूसरी ओर एक पगडंडी थी, जो काफी लंबी थी, वहाँ से शहर पहुंचने में ज्यादा समय लगता। इसलिए नदी पार करना ही उसने ठीक समझा। रॉबिनहुड ने नदी के पास आकर देखा कि बरसात के कारण नदी में बाढ़ आई हुई थी। नदी का पानी बड़ी तेजी से बह रहा था। नदी पार करने के लिए एक छोटा पुल था, जिस पर एक बार में सिर्फ एक ही व्यक्ति निकल सकता था। जब रॉबिनहुड पुल के पास पहुंचा और नदी पार करने लगा तो उसी समय दूसरी ओर से भी एक व्यक्ति पुल पार करने लगा। थोड़ी ही देर में दोनों पुल के बीच में पहुँच गए। दोनों एक-दूसरे के सामने खड़े थे। पुल इतना सँकरा था कि जब तक दोनों में से एक व्यक्ति वापस लौटकर रास्ता नहीं छोड़ता, तब तक किसी का भी पुल पार करना संभव नहीं था।

रॉबिनहुड बोला, "तुम कौन हो? पीछे हट जाओ, मुझे पहले जाने दो।"

वह व्यक्ति हँसकर बोला, "नहीं भाई! मैं तब तक किसी के लिए रास्ता छोड़ने को तैयार नहीं होता, जब तक कि कोई मुझसे भी ज्यादा बहादुर व्यक्ति मेरे सामने नहीं आ जाता।"

रॉबिनहुड गुस्से में आकर बोला, "ऐसी बात है तो ठीक है, अभी तुम्हें बताता हूँ कि कौन बहादुर है।"

वह व्यक्ति बोला, "ठीक है, मैं भी तो बहादुर व्यक्ति की खोज में निकला हूँ।"

रॉबिनहुड पीछे लौटा और एक पेड़ की लंबी डाल तोड़कर पुल पर आ खड़ा हुआ।

"अच्छा, तैयार हो जाओ। वैसे तो तीर-धनुष से लड़ना ज्यादा अच्छा होता है, लेकिन कोई बात नहीं। आओ तुम्हें लाठी के ही दो-चार हाथ दिखा दूँ।"

उस अजनबी के हाथ में पहले से ही एक डंडा था। रॉबिनहुड के वार करने से पहले ही उसने उस पर वार कर दिया, लेकिन रॉबिनहुड उछलकर किसी तरह बच गया। इसके बाद फिर दोनों एक-दूसरे से भिड़ गए। वह व्यक्ति बहुत शक्तिशाली मालूम होता था, लेकिन रॉबिनहुड बहुत चालाक और फुरतीला था। वह बड़ी फुरती से उछलकर उसके वार से बच निकलता और मौका पाकर उस पर वार कर देता था। थोड़ी ही देर में उसने उस व्यक्ति के सिर, कंधे और छाती पर कई जोरदार वार किए।

एक बार ज्यों ही रॉबिनहुड ने उस पर वार किया, वह उछलकर बच गया, फिर उसने अपने डंडे से रॉबिनहुड के सिर पर इतने जोर से मारा कि रॉबिनहुड छपाक से पानी में जा गिरा। अजनबी जोरों से हँसा। उसने अपना डंडा पानी में आगे बढ़ाकर कहा, "लो, इस डंडे को पकड़ लो, मैं तुम्हें बाहर खींच लेता हूँ।"

रॉबिनहुड ने पहले तो व्यक्ति की ओर देखा, फिर उसका डंडा कसकर पकड़ लिया। अजनबी व्यक्ति ने उसे पानी से बाहर खींच लिया। बाहर आकर रॉबिनहुड बोला, "तुमने इतने जोर की मारा कि अभी तक मेरा सिर चकरा रहा है।" यह कहकर उसने अपनी तुरही निकाली और

उसे तीन बार बजाया। कुछ ही क्षण में विल स्टटली और उसके दूसरे साथी वहाँ आ पहुँचे।

एक साथी अजनबी व्यक्ति को पकड़ने के लिए आगे बढ़ा, लेकिन रॉबिनहुड ने उसे रोकते हुए कहा, "ठहरो! इसका कोई अपराध नहीं है। पहले मैंने ही इस पर वार किया था। उसके बाद ही इसने अपना हाथ दिखाया। इस तरह हमने आपस में हिसाब बराबर कर लिया।" फिर उसने अजनबी से पूछा, "क्यों भई! हिसाब बराबर हुआ न?"

वह व्यक्ति बोला, "हाँ-हाँ, बराबर रहा। अच्छा अपना नाम तो बताओ।" "मेरा नाम रॉबिनहुड है।"

"अरे, मुझसे बड़ी गलती हुई। क्या तुम्हारा ही नाम रॉबिनहुड है? मैं तो तुम्हारी टोली में शामिल होने के लिए आ रहा था। क्या तुम मुझे अपनी टोली में शामिल नहीं करोगे?"

रॉबिनहुड बोला, "क्यों नहीं! तुम्हारे जैसे बहादुर और शक्तिशाली व्यक्ति आसानी से थोड़ा ही मिलते हैं। तुम्हारा नाम क्या है?"

"मेरा नाम लिटिल जॉन है।"

रॉबिनहुड बोला, "दैत्य जैसे शरीर वाले व्यक्ति का नाम इतना छोटा होगा, इसका अनुमान किसी को न था।" सब लोग हँस पड़े, फिर सबने उसे गले लगा लिया। उस दिन से लिटिल जॉन रॉबिनहुड का सबसे अच्छा मित्र बन गया।

# रॉबिनहुड बना कसाई

एक दिन रॉबिनहुड और उसके कुछ साथी घने जंगल में शिकार की तलाश में घूम रहे थे। कुछ देर बाद ही किसी झाड़ी से सरसराने की आवाज आई। रॉबिन ने निशाना साधकर उस ओर अपना तीर चला दिया। तीर जाकर एक हिरन को लगा। कुछ ही पल में हिरन जमीन पर गिर गया। जब वे लोग हिरन को उठाने के लिए आगे बढ़े तो अचानक कोतवाल के सिपाही आ धमके। उनकी संख्या लगभग बीस-बाईस रही होगी। रॉबिन के साथी तुरंत जमीन पर लेट गए। कुछ लोग पेड़ों के पीछे छिप गए। सिपाहियों ने तीर चलाना शुरू कर दिया। रॉबिनहुड के साथियों ने भी उनका जवाब दिया। देखते-देखते तीन-चार सिपाही धराशाही हो गए, बाकी वहाँ से भाग निकले।

सिपाहियों ने जाकर कोतवाल से शिकायत की। यह सुनकर कोतवाल आग-बबूला हो उठा। उसने सिपाहियों को डाँटकर कहा, "क्या मेरे सिपाही लुटेरों और डाकुओं से डरकर भाग आए। देख रहा हूँ, लुटेरों की हिम्मत बढ़ती जा रही है। उनके लिए कुछ करना ही पड़ेगा।"

एक दिन रॉबिनहुड ने देखा कि लिटिल जॉन अचानक कहीं गायब हो गया। बहुत खोजने पर भी नहीं मिला। कई दिन बीत गए, फिर भी उसका पता न चला। रॉबिनहुड और उसके साथियों को चिंता होने लगी कि कहीं लिटिल जॉन को कोतवाल के सिपाहियों ने तो नहीं पकड़ लिया। बहुत

सोचने-विचारने के बाद भी वे किसी नतीजे पर नहीं पहुँच सके। अंत में रॉबिनहुड धनुष-बाण लेकर तैयार हुआ और अपने साथियों से बोला, "भाइयो! मुझे नॉटिंघम जाना होगा। लगता है, कोतवाल साहब मुझसे मिलने के लिए बेचैन हैं। जरा उनसे मिलकर एक बार पता तो लगाऊँ कि उन्होंने हमारे लिटिल जॉन को कहाँ छिपा रखा है!"

रॉबिनहुड नॉटिंघम के लिए रवाना हो गया। कुछ दूर जाने पर उसे एक घोड़ागाड़ी दिखाई दी। उसमें एक बहुत मोटा कसाई बैठा था, जो घोड़े को हाँक रहा था। गाड़ी में बहुत सारा मांस लदा हुआ था। घोड़ा हाँफ रहा था, लेकिन फिर भी कसाई उस पर चाबुक फटकार रहा था।

रॉबिनहुड बोला, "क्यों भाई, तुम कहाँ से आ रहे हो? इतना सारा मांस किसके लिए ले जा रहे हो?"

कसाई बोला, "इससे तुम्हें क्या मतलब? कौन होते हो तुम मुझसे पूछने वाले? मैं मांस बेचने के लिए नॉटिंघम जा रहा हूँ। आज वहाँ हाट लगा हुआ है।"

"मेरा नाम रॉबिनहुड है।" वह बोला।

रॉबिनहुड का नाम सुनते ही कसाई डर के मारे काँपने लगा और बोला, "रॉबिनहुड! आप तो गरीबों के बहुत बड़े मित्र हैं। मैं बहुत गरीब हूँ। गोश्त बेचकर किसी तरह अपने बाल-बच्चों को पालता हूँ।"

"तुम डरो मत, मैं तुम्हें तंग नहीं करूँगा।" फिर रॉबिनहुड ने अपनी जेब से रुपयों की एक थैली निकाली और कसाई को देते हुए कहा, "लो, ये रुपए रख लो और अपनी घोड़ा-गाड़ी तथा यह सारा गोश्त मुझे

बेच दो। मेरा कसाई बनकर नॉटिंघम के हाट में गोश्त बेचने का बहुत मन कर रहा है।"

यह सुनकर कसाई बहुत खुश हुआ। रुपए लेकर वह तुरंत गाड़ी से नीचे उतर गया। उसने घोड़े की लगाम रॉबिनहुड के हाथ में दे दी। रॉबिनहुड बोला, "तुम अपने कपड़े भी मुझे दे दो और मेरे कपड़े पहन लो।"

इसके बाद रॉबिनहुड कसाई के वेश में मांस से लदी हुई गाड़ी हाँकता हुआ नॉटिंघम के बाजार में पहुँच गया। वहाँ जाकर वह आवाज लगा-लगाकर गोश्त बेचने लगा।

वह बहुत ही सस्ते दाम पर गोश्त बेच रहा था। दूसरे कसाइयों ने जब यह देखा कि एक नया कसाई बहुत सस्ते दामों पर गोश्त बेच रहा है तो उन्हें बहुत आश्चर्य हुआ। उनमें से एक बोला, "इस मूर्ख को व्यापार करना नहीं आता।। लगता है, कहीं से मुफ्त का माल पा गया है, वरना इतना सस्ता कैसे बेचता?"

दूसरा बोला, "नहीं-नहीं, मुझे तो यह कोई चोर या लुटेरा मालूम पड़ता है, जिसने रास्ते में किसी कसाई को मारकर उसका माल छीन लिया है और अब जल्दी-जल्दी सस्ते दाम में बेचकर यहाँ से भागना चाहता है।"

रॉबिनहुड इन बातों से बिलकुल अनजान था कि दूसरे कसाई उसके बारे में क्या सोच रहे हैं। वह आवाज लगा-लगाकर गोश्त बेचता रहा। कसाइयों ने जब देखा कि इस व्यक्ति से झगड़ा करना बेकार है, तो उनमें से एक व्यक्ति उसके पास जाकर बोला, "क्यों भाई! लगता है, तुम यहाँ

नए आए हो? लेकिन अगर तुम्हें यहाँ व्यापार करना है तो हमारे नियमों को मानना पड़ेगा। तुम बहुत सस्ते दामों पर मांस बेच रहे हो। इस तरह तुम्हारा भी नुकसान होगा और हमारा भी; क्योंकि इससे बाजार का भाव गिर जाएगा। अरे हाँ, मित्र! तुम्हें मालूम है कि आज हम लोगों को कोतवाल साहब ने अपने घर दावत दी है? तुम भी चलना।"

वह कसाई असल में रॉबिनहुड से दोस्ती करना चाहता था, इसलिए उससे इस तरह की बातें कर रहा था! रॉबिनहुड बोला, "अच्छा, कोतवाल साहब ने हम मांस के व्यापारियों को दावत दी है?ठीक है, मैं वहाँ जरूर आऊँगा। मेरा माल भी अब लगभग बिक चुका है।" कुछ देर बाद ही वह अपनी गाड़ी लेकर एक सराय में पहुँचा। वहाँ गाड़ी खड़ी कर उसने सराय के मालिक को कुछ रुपए दिए और खाना खाकर आराम से सो गया। शाम को सज-धजकर वह कोतवाल के घर पहुँच गया।

कोतवाल बाजार में आने वाले व्यापारियों को अकसर अपने यहाँ बुलाया करता और उनसे पैसे लिया करता था। बाजार में माल बेचने की इजाजत देने के बदले वह व्यापारियों से खूब घूस लेता था। लोगों को कहीं शक न हो जाए, इसलिए वह उन्हें अपने यहाँ दावत पर बुलाता और बड़ी चालाकी से उनसे सौदा तय करता था। इस बाजार में मांस बेचने के लिए बहुत बड़े-बड़े व्यापारी आते थे। आज कोतवाल ने मांस के सभी व्यापारियों को अपने यहाँ दावत के बहाने बुलाया था। एक बड़े कमरे में मेज पर खाने-पीने की चीजें सजी हुई थीं। धीरे-धीरे व्यापारी पहुँचने लगे। कोतवाल आगे बढ़कर सबका स्वागत करता और अपनी-अपनी जगह पर बैठाता।

कोतंवाल ने रॉबिनहुड को अपने पास बिठाया। उसे लगा कि यह मांस का कोई बड़ा व्यापारी है। इतने में एक व्यक्ति ने कोतवाल के पास आकर उसके कान में कहा, "हुजूर! यह व्यक्ति बिलकुल नया मालूम होता है। इसे मांस के धंधे का कोई ज्ञान नहीं है। क्योंकि आज इसने बाजार में बहुत ही कम दामों पर माल बेचा है। मुझे लगता है कि इसके पास बहुत रुपया है। कोई चालाक व्यक्ति चाहे तो इस मूर्ख से सारा धन छीन सकता है।"

कोतवाल बड़ा चालाक था। उसने सोचा कि मैं ही क्यों न इस व्यक्ति के रुपए निकलवा लूँ। उसने रॉबिनहुड से कहा, "क्यों भाई, शायद तुम्हारे पास काफी पैसा है। आज बाजार में तुमने जिस तरह मांस बेचा, उससे सब लोग बहुत घबराए हुए हैं। लगता है, तुम्हें रुपए-पैसे की कोई कमी नहीं है।"

रॉबिनहुड बोला, "हाँ साहब, रुपए-पैसे की मुझे कोई कमी नहीं। मेरे पास बहुत से जानवर हैं। मैं उन्हें बेच नहीं पाया, इसलिए उनमें से कुछ को मारकर आज मैं उनका गोश्त ही बेचने निकल पड़ा। यदि कोई मेरे जानवर खरीद ले तो बड़ा अच्छा हो। मैं बीस मुहरों में ही अपने सारे जानवर दे सकता हूँ।"

कोतवाल को लालच आ गया। उसने सोचा कि कहीं यह किसी दूसरे को जानवर न बेच दे, इसलिए वह तुरंत तैयार हो गया और बोला, "अगर तुम्हें कोई ग्राहक नहीं मिलता हो तो लाओ, मैं ही खरीद लेता हूँ। कल तुम अपने सभी जानवर लेते आना। मैं तुम्हें बीस मुहरें दे दूँगा।"

रॉबिनहुड ने कहा, "मेरे सारे जानवर जंगल में चरते रहते हैं। उनको इकट्ठा करने में मुझे बहुत परेशानी होती है। अच्छा होगा कि कल आप मेरे साथ जंगल चलें और उन्हें लेते आएँ।" कोतवाल ने रॉबिनहुड की बात मान ली और रात में उसे अपने साथ रुकने को कहा।

रॉबिनहुड चाहता था कि कोतवाल के यहाँ उसे रहना पड़े, लेकिन उसे कोतवाल का कहना मानना ही पड़ा। यदि वह उसका कहना नहीं मानता तो उसे शक हो जाता। इसी समय एक नौकर अंदर आया। वह तुरंत रॉबिनहुड को पहचान गया। रॉबिनहुड ने भी उसे पहचान लिया। यह नौकर कोई और नहीं, खुद लिटिल जॉन था।

थोड़ी देर बाद लिटिल जॉन फिर से कमरे में आया। इस बार उसके पास कुछ गिलास और शराब की एक बोतल थी। वह सबको शराब बाँटने लगा। रॉबिनहुड के पास जाकर शराब देते हुए धीरे से उसके कान में बोला, "आज रात नीचे भंडार-घर में मिलना।"

बहुत देर तक कोतवाल और रॉबिनहुड में बातें चलती रहीं। रात भी अब गहरी होने लगी थी। शहर में चारों ओर सन्नाटा छा गया था। धीरे-धीरे शराब कोतवाल पर हावी होने लगी थी। जब उसे नींद आने लगी तो उसने एक नौकर के साथ रॉबिनहुड को एक अलग कमरे में सोने के लिए भेज दिया।

जब सुबह उठकर कोतवाल ने देखा तो उसके घर के बरतन और कीमती सामान गायब था।

# रॉबिनहुड और बचपन का दोस्त

रॉबिनहुड और लिटिल जॉन घूमते-घूमते उसी नदी के पुल के पास जा पहुँचे। एक पेड़ के नीचे बैठकर वे दोनों बातें करने लगे। तभी उधर से एक व्यक्ति निकला। उसे देखकर रॉबिनहुड ने कहा, "उस व्यक्ति को देख रहे हो? मुझे लगता है कि उसकी जेब में काफी पैसा है। आओ, जरा उससे बात की जाए।"

कुछ देर में वह व्यक्ति पास आ गया। रॉबिनहुड तेजी से उसके आगे जा खड़ा हुआ, लेकिन उस व्यक्ति ने रॉबिनहुड की ओर कोई ध्यान नहीं दिया और गाना गुनगुनाता हुआ अपने रास्ते पर चलता रहा।

उस व्यक्ति से टकराते हुए रॉबिनहुड बोला, "क्यों भाई, अंधे हो क्या? देखकर नहीं चलते!"

वह व्यक्ति बोला, "क्यों, क्या हुआ? तुम कोई कोतवाल हो? अलग होकर क्यों नहीं चलते?"

इतने में रॉबिनहुड उसका हाथ पकड़कर बोला, "तुम्हारी जेब में जितने पैसे हों, तुरंत निकाल दो।"

"वाह, तुम भी खूब मिले! और भी कुछ कहना है?"

"अगर सीधे से पैसे नहीं निकालोगे तो मैं तुमसे छीन लूँगा; और यदि लड़ने की इच्छा हो तो लड़ भी सकते हो।"

"क्या बकवास कर रहे हो? इस तरह राह चलते आदमियों से झगड़ा करते हो? तुम्हारे जैसे मैंने बहुत देखे हैं। भला यह भी कोई बात हुई कि तुम कहो और मैं अपने पैसे निकालकर तुम्हारे हाथ में रख दूँ। चलो हटो, रास्ता छोड़ो।" व्यक्ति ने रॉबिन को धमकाते हुए कहा।

रॉबिनहुड ने गुस्से से आँखें लाल करते हुए कहा, "बेकार की बहस मत करो। अगर सीधे से पैसे नहीं निकालोगे तो तुम मुसीबत में फँस जाओगे।" यह कहकर उसने लाठी तानी, लेकिन वह व्यक्ति भी कम नहीं था। उसने तुरंत रॉबिनहुड का वार झेल लिया और उलटकर रॉबिनहुड पर वार किया। रॉबिनहुड के हाथ से लाठी छूट गई और वह लड़खड़ाकर जमीन पर गिर पड़ा। रॉबिनहुड को जमीन पर गिरते देखकर लिटिल जॉन लपककर वहाँ आ खड़ा हुआ और उस व्यक्ति की लाठी पकड़कर बोला, "खबरदार! अपनी खैर चाहते हो तो यहाँ से एक कदम भी मत हिलना।"

उसे देखकर वह व्यक्ति बोला, "अरे, तुम कहाँ से टपक पड़े। जब कोई व्यक्ति गिर पड़ता है तो मैं खुद उस पर वार नहीं करता, लेकिन तुम अकेले हो या और लोग भी तुम्हारे साथ हैं? अगर हैं तो उन्हें भी बुला लो। आज मैं तुम सबको अपनी लाठी का स्वाद चखाता हूँ।"

इतने में रॉबिनहुड ने खड़े होते हुए कहा, "नहीं-नहीं, रहने दो, मालूम हो गया है कि तुम कोई बहादुर व्यक्ति हो।"

वह व्यक्ति कुछ सकपका गया। उसे लगा कि इस व्यक्ति को वह

जानता है। उसने पूछा, "कहीं तुम रॉबिनहुड तो नहीं हो?"

उस व्यक्ति की बात का जवाब देते हुए लिटिल जॉन ने कहा, "हाँ, तुम इस समय जंगल के बादशाह रॉबिनहुड के सामने खड़े हो।"

लिटिल जॉन की बात सुनते ही उस व्यक्ति ने लाठी फेंक दी और कहा, "ओह, मुझसे गलती हो गई। मैं तो तुमसे ही मिलने के लिए यहाँ आया था। मेरा नाम विल है और मैं तुम्हारा भाई हूँ।"

बचपन में रॉबिनहुड विल के साथ खेला था। इसी जंगल में दोनों ने साथ-साथ तीर चलाने का अभ्यास किया था। इतने दिनों बाद अपने बचपन के साथी को पाकर रॉबिनहुड खुशी से झूम उठा। उसने विल को गले से लगा लिया और पूछा, "लेकिन तुम मुझसे मिलने क्यों निकले थे? मैं तो एक लुटेरा हूँ और अगर पकड़ा गया तो मुझे फाँसी पर लटका दिया जाएगा।"

"मैं यह सब जानता हूँ, लेकिन गाँव में रहना अब मेरे लिए संभव नहीं है, मैं तो तुम्हारे साथ ही रहना चाहता हूँ।" विल बोला।

काफी समय तक उन दोनों की बातें होती रहीं। इसके बाद रॉबिनहुड ने उसे भी अपने दल में शामिल कर लिया। जितने भी बहादुर और हिम्मत वाले व्यक्ति उसे मिलते और उसके साथ रहना चाहते, उन्हें वह खुशी-खुशी अपने दल में शामिल कर लिया करता था। यदि उसे मालूम होता कि कोई व्यक्ति बड़ा कुशल तीरंदाज है या अच्छी लाठी चलाता है अथवा बहुत शक्तिशाली है तो वह तुरंत उसके पास जाता और उसे

किसी-न-किसी बहाने अपने दल में शामिल करके शेरवुड जंगल में ले आता।

रॉबिनहुड ने सुना था कि नॉटिंघम शहर से कुछ दूर जो ईसाई मठ है, उसमें एक पादरी रहता है। वह बहुत बहादुर व्यक्ति है और अब तक किसी से लड़ाई में हारा नहीं है। रॉबिनहुड ने तुरंत उसे भी अपने दल में शामिल करने का निश्चय किया, और एक दिन वह उस पादरी से मिलने के लिए चल दिया।

वहाँ एक नदी थी, जिस पर पर कोई पुल नहीं था। वह सोचने लगा कि इस नदी को किस तरह पार किया जाए, क्योंकि तैरकर पार करने पर कपड़ों के भीग जाने का डर था।

रॉबिनहुड अभी सोच ही रहा था कि इतने में उसने सुना कि दूसरे किनारे पर कुछ लोग आपस में बातें कर रहे हैं। रॉबिनहुड ने एक पेड़ पर चढ़कर देखा तो उसके आश्चर्य की सीमा नहीं रही। वहाँ सिर्फ एक व्यक्ति बैठा था और अपने आप से बातें कर रहा था। वह पागल की तरह हवा में हाथ फेंकता था और बड़े जोश से कुछ कहता था। उस व्यक्ति ने पादरियों जैसे कपड़े पहन रखे थे। थोड़ी देर में वह खड़ा हो गया और बड़ी तेजी से हवा में मुक्के चलाने लगा। रॉबिनहुड को यह देखकर बड़ी हँसी आई, लेकिन साथ ही उसे बड़ा आश्चर्य भी हुआ, क्योंकि वह पादरी देखने में बड़ा शक्तिशाली मालूम होता था। उसने अपनी कमर में तलवार बाँध रखी थी।

रॉबिनहुड ने उसका ध्यान अपनी ओर खींचने के लिए एक जोरदार आवाज लगाई। पादरी ने उधर से जवाब दिया, "नदी पार करना चाहते हो? घबराओ मत, अभी आकर मैं तुम्हें पार ले जाता हूँ, मैं तो पादरी हूँ, दूसरों का भला करना ही मेरा धर्म है।"

पादरी ने अपनी तलवार और कपड़े उतारे, पानी में कूद गया और इस पार आ पहुँचा, फिर उसने रॉबिनहुड को कंधे पर बिठा लिया। थोड़ी ही देर में वह उसे लेकर दूसरे किनारे पर पहुँच गया। किनारे पर उतरकर रॉबिनहुड ने कहा, "धन्यवाद पादरी साहब! मैं आपका बड़ा आभारी हूँ।"

इस पर पादरी अकड़कर बोला, "अगर तुम सचमुच मेरा आभार मानते हो तो मेरा एक काम करो। तुम मुझे भी पार पहुँचा दो। मैंने तुम्हें अपने कंधे पर उठाकर नदी पार कराई है, इसलिए तुम भी पार ले चलो।"

यह सुनकर रॉबिनहुड कुछ सोच में पड़ गया। उसकी समझ में न आया कि क्या करे। वह बोला, "कहीं तुम मजाक तो नहीं कर रहे हो?"

पादरी बोला, "मजाक! कैसा मजाक? अगर तुम मेरा काम नहीं करना चाहते हो तो ऐसे कहो, लेकिन चूँकि मैंने खुशी-खुशी तुम्हारा काम किया है, इसलिए तुम्हें भी मेरा काम करना चाहिए।"

अब उसके सामने और कोई विकल्प नहीं था। अब पादरी को कंधे पर उठाकर उसे नदी पार करानी ही थी। उसने पादरी को उठाने की कोशिश की, लेकिन पादरी तो बहुत भारी था। उसे उठाते-उठाते रॉबिनहुड हाँफने लगा। किसी तरह गिरते-पड़ते वह उसे नदी के किनारे

तक ले गया और फिर नीचे उताकर बोला, "पादरी साहब, इससे तो यही अच्छा हो कि आप मुझे फिर से पार पहुँचा दें। मुझे आपका उपकार मानने की इच्छा नहीं है, क्योंकि मैं आपको पार नहीं ले जा सकता।"

पादरी ने कहा, "वाह, तुम बड़े चालाक निकले। खैर, कोई बात नहीं। चलो, मैं ही तुम्हें उस पार पटक आता हूँ।" यह कहकर उसने रॉबिनहुड को कंधे पर उठाया और फिर से पानी में घुस गया; लेकिन इस बार बीच में पहुँचते-पहुँचते पादरी अपने को सँभाल न सका और रॉबिनहुड उसके कंधे से छिटककर पानी में जा गिरा। यह देखकर पादरी हँसने लगा। रॉबिनहुड को बहुत बुरा लगा, फिर भी वह किसी तरह पार पहुँचा और वहाँ से पादरी पर तीरों की वर्षा करने लगा, लेकिन पादरी ने अपने पूरे शरीर पर लोहे का बख्तर पहन रखा था, इसलिए उस पर तीरों का कोई असर नहीं हुआ। रॉबिनहुड को गुस्सा आ गया। वह तलवार निकालकर पादरी को मारने के लिए पानी में कूद गया। पादरी ने भी अपनी तलवार निकाल ली। दोनों पानी में लड़ने लगे।

अचानक रॉबिनहुड का पैर फिसल गया और वह गरदन तक पानी में डूब गया। उसके गिरने पर पादरी ने उस पर वार नहीं किया। सच्चे वीर गिरे हुए शत्रु पर कभी हमला नहीं करते। पादरी की यह उदारता देखकर रॉबिनहुड बोला, "पादरी साहब! आपके जैसे सच्चे वीर मैंने बहुत कम देखे हैं। जरा मुझे यह तुरही बजा लेने दीजिए।" यह कहकर रॉबिनहुड ने तीन बार अपनी तुरही बजाई। पलक झपकते ही पचास हथियारबंद

व्यक्ति घोड़े दौड़ाते हुए वहाँ आ पहुँचे।

पादरी यह देखकर भौंचक्का रह गया। उसने घबराकर कहा, "यह क्या? ये लोग कहाँ से निकल आए?"

पादरी की बात सुनकर रॉबिनहुड हँस पड़ा। पादरी ने फिर कहा, "अच्छी बात है, जरा मुझे भी तीन बार सीटी बजाने दो।"

पादरी ने मुँह में उँगली डालकर तीन बार जोर की सीटी बजाई। सीटी की आवाज सुनते ही चारों ओर से करीब चालीस-पचास शिकारी कुत्तों का झुंड डाकुओं पर टूट पड़ा। डाकू उन पर तीर चलाने लगे, लेकिन कुत्ते बहुत चालाक थे। वे उछल-उछलकर निशाने से बच जाते थे। इतना ही नहीं, उनमें से जिस कुत्ते को कोई तीर मिल जाता, वह फौरन उसे उठाकर पादरी के पास पहुँचा देता।

रॉबिनहुड और उसके साथी यह देखकर हैरान रह गए। इतने में विल भी वहाँ आ पहुँचा। वह कुछ पीछे रह गया था। उसने आते ही पादरी को पहचान लिया। उसने कहा, "अरे पादरी साहब! अपने कुत्तों को अपने पास बुला लीजिए।" फिर उसने रॉबिनहुड को बताया कि वे फाउंटस मठ के पादरी हैं। उसने पादरी को भी बताया कि जिससे अभी तुम लड़ रहे थे, वह और कोई नहीं, जंगल का बादशाह रॉबिनहुड है।

रॉबिनहुड को देखकर पादरी चौंक पड़ा और बोला, "रॉबिनहुड! मुझसे बड़ी भूल हुई, मैं क्या जानता था कि तुम रॉबिनहुड हो, वरना मैं तुमसे इस तरह झगड़ा नहीं करता और खुशी-खुशी पार पहुँचा देता।"

रॉबिनहुड ने कहा, "पादरी साहब! कोई बात नहीं, जो होना था सो हो गया। क्यों नहीं आप भी हमारे दल में शामिल हो जाते? अपने कुत्तों को लेकर शेरवुड के जंगल में चले आइए। वहाँ हम लोग आपके लिए रहने की व्यवस्था कर देंगे। आप वहीं रहिएगा और हम लोगों को धर्म की शिक्षा दीजिएगा। तो बताइए, आप हमारे साथ रहेंगे न?"

पादरी खुशी-खुशी तैयार हो गया और दूसरे दिन से ही वह अपने कुत्तों को साथ लेकर शेरवुड के जंगल में चला आया। वहाँ रॉबिनहुड के साथियों ने उसके रहने के लिए एक झोंपड़ी बना दी।

# गिसबोर्न से मुलाकात

समय के साथ-साथ रॉबिनहुड की बहादुरी के किस्से पूरे शहर में मशहूर होने लगे।

अनेक बार प्रयास करने के पश्चात् भी कोतवाल को मुँह की ही खानी पड़ती थी। रॉबिनहुड के साथी कोतवाल के सिपाहियों को मारकर खदेड़ देते थे। धीरे-धीरे यह बात राजा के महल तक पहुँच गई। उसने कोतवाल को बुलाकर कहा, "रॉबिनहुड को तुरंत गिरफ्तार करो। वरना तुम्हें नौकरी से हाथ धोना पड़ेगा।"

उस समय राजा के दरबार में गिसबोर्न नाम का एक सरदार था। वह बड़ा अच्छा तीरंदाज और बहुत बहादुर भी था। उसने जब यह सुना कि रॉबिनहुड को पकड़ने के लिए इनाम की घोषणा हुई है तो वह राजा से आज्ञा लेकर कोतवाल के पास आया और बोला, "कोतवाल साहब, मैं रॉबिनहुड को पकड़ने के लिए जाना चाहता हूँ।"

कोतवाल ने पूछा, "आपको कितने सिपाहियों की जरूरत होगी?"

सरदार बोला, "मुझे एक भी सिपाही की जरूरत नहीं, मैं अकेले ही यह काम करूँगा, लेकिन आप अपने आदमियों को जंगल के पास ही तैयार रखिएगा, जब मैं अपनी चाँदी की तुरही बजाऊँ तो आप अपने आदमियों को लेकर तुरंत मेरी मदद के लिए आ जाइएगा।"

रॉबिनहुड के दो साथी लिटिल जॉन और विल उस दिन अपने दल के सिपाहियों के लिए पोशाकें खरीदने बाजार गए थे। वे यह जानते थे कि कोतवाल के सैनिकों की उन पर कड़ी नजर है, इसलिए दोनों ने साथ जाना ठीक नहीं समझा। विल शहर चला गया और जॉन थोड़ी दूर एक टीले पर बैठकर उसकी राह देखने लगा।

कुछ देर बाद जॉन ने देखा कि विल तेजी से भागता हुआ उसकी ओर चला आ रहा है। उसके पीछे कोतवाल अपने सिपाहियों के साथ दौड़ा आ रहा है। विल जान बचाकर भाग रहा था।

टीले पर बैठा-बैठा जॉन यह सब देख रहा था। अचानक उसने देखा कि एक सिपाही विल के पास पहुँच गया और उसे पकड़ने की कोशिश करने लगा। जॉन ने तुरंत अपने तरकस से एक तीर निकाला और उस सिपाही को निशाना बना दिया। तीर ठीक निशाने पर लगा। सिपाही चीख मारकर जमीन पर गिर पड़ा। यह देखकर बाकी सिपाहियों के हौसले पस्त हो गए। उनकी समझ में नहीं आया कि तीर कहाँ से आया। अचानक उन्होंने देखा कि टीले पर एक व्यक्ति बैठा है और वहीं से तीर चला रहा है। वे सिपाही उसकी ओर लपके।

जॉन ने सिपाहियों को अपनी ओर आते देखकर फिर से धनुष पर बाण चढ़ाया, लेकिन इस बार अचानक उसका धनुष टूट गया। इतने में सिपाही उसके समीप आ पहुँचे। जॉन ने खाली हाथों ही उन्हें मार-मारकर भगाने की कोशिश की, लेकिन उनकी संख्या बहुत अधिक

थी। कुछ ही देर में सिपाहियों ने मिलकर उसे पकड़ लिया और उसके हाथ-पैर बाँध दिए। कोतवाल उसे देखकर बोला, "क्यों, तुमने ही मेरे चाँदी के बरतन चुराए थे न! आज फँसे हो। अब मैं तुम्हें फाँसी पर चढ़ाता हूँ!"

सिपाही उसे खींचकर एक दूसरे टीले पर ले गए। वहाँ उन्होंने एक पेड़ पर रस्सी डालकर फँदा बनाया और उसके गले में डाल दिया।

कोतवाल ने कहा, "अब बोलो, यहाँ तुम्हें कौन बचाने आएगा?"

जॉन कुछ नहीं बोला। बेचारा कहता भी क्या! वह अकेला था और ये इतने सारे। कोतवाल का गुस्सा सातवें आसमान पर था।

उसने जॉन को फाँसी पर लटकाने का हुक्म दिया, "एक, दो" लेकिन वह तीन कहे, इससे पहले ही दूर जंगल से एक तुरही के बजने की आवाज आई। इसे सुनकर कोतवाल बोला, "यह तो गिसबोर्न की तुरही की आवाज है। लगता है, उसने रॉबिनहुड को गिरफ्तार कर लिया।" फिर वह सिपाहियों से बोला, "अभी इस बदमाश को यहीं बाँध दो। पहले चलो, हम लोग उस लुटेरे को भी ले आएँ। रॉबिनहुड और इसको साथ-साथ फाँसी पर चढ़ाएँगे। चलो, जल्दी करो।" उन्होंने लिटिल जॉन को कसकर पेड़ के साथ बाँध दिया और सभी सिपाही रॉबिनहुड को पकड़ने सरदार गिसबोर्न की मदद के लिए चल पड़े।

रॉबिनहुड ने जंगल में अचानक एक घुड़सवार को देखा। उसने सोचा कि चलकर पता लगाना चाहिए कि यह कौन है? इसलिए वह अपने

साथियों से अलग होकर चुपचाप उस सवार का पीछा करने लगा। जब वह उसके निकट पहुँचा तो उसे उस व्यक्ति की वेशभूषा देखकर बड़ा आश्चर्य हुआ। उस व्यक्ति ने घोड़े के चमड़े से अपना सारा शरीर ढक रखा था। यहाँ तक कि घोड़े के सिर को भी अपने सिर पर टोपी की तरह पहन रखा था। रॉबिनहुड ने उसके पास जाकर पूछा, "कौन हो तुम?"

व्यक्ति ने उत्तर दिया, "मैं कोई भी हूँ, इससे तुम्हें क्या? तुम अपना काम देखो।"

रॉबिनहुड ने कहा, "मैं यहाँ की देख-रेख करता हूँ, जंगल का रखवाला हूँ। मेरा काम यह देखना है कि यहाँ के राजा के हिरनों का कोई शिकार न करे।"

"अच्छा तो यह बात है। तब तो बहुत अच्छा हुआ। तुम मेरी मदद कर सकते हो। मैं तुम्हें आधा इनाम दिलवाऊँगा। मैं रॉबिनहुड को पकड़ने के लिए निकला हूँ। इस काम में तुम मेरी मदद करो।"

यह सुनकर रॉबिनहुड चौंका, लेकिन फिर अपने को सँभालकर बोला, "लेकिन रॉबिनहुड ने तुम्हारा क्या बिगाड़ा है? क्या उसने तुमसे झगड़ा किया है?"

गिसबोर्न ने अपने शरीर से घोड़े का चमड़ा अलग कर दिया और कहा, "लगता है, तुम्हें रॉबिनहुड से बड़ा प्रेम है। कहीं तुम उसके दल के ही तो कोई लुटेरे नहीं हो?"

"मैं खुद ही रॉबिनहुड हूँ।"

यह सुनते ही गिसबोर्न के पैरों तले से जमीन खिसक गई, लेकिन फिर अचानक अपने को सँभालकर उसने तलवार खींच ली। देखते-ही-देखते वह रॉबिनहुड पर टूट पड़ा। रॉबिनहुड एक पत्थर से ठोकर खाकर जमीन पर आ गिरा। उस जमाने के युद्ध में गिरे हुए व्यक्ति को उठने का मौका दिया जाता था, लेकिन सरदार गिसबोर्न ने जमीन पर गिरे हुए रॉबिनहुड को उठने का मौका नहीं दिया, बल्कि उसके एक ठोकर मार दी। रॉबिनहुड इस अपमान को न सह सका। वह गुस्से से काँपने लगा और बिजली की तरह लपककर गिसबोर्न पर टूट पड़ा। सरदार चीख मारकर जमीन पर गिर पड़ा। थोड़ी ही देर में उसके प्राण निकल गए। रॉबिनहुड ने उसके कपड़े उतारे और खुद ही पहन लिये। अब वह दूर से देखने में गिसबोर्न ही मालूम होता था। उसने असली गिसबोर्न की लाश को एक झाड़ी के पीछे छिपा दिया। गिसबोर्न के चेहरे पर कई घाव लगे थे इसलिए अब उसे आसानी से पहचाना नहीं जा सकता था, फिर रॉबिनहुड ने गिसबोर्न की चाँदी की तुरही ली और उसे तीन बार बजाया। इसी आवाज को कोतवाल और उसके साथियों ने सुना था।

थोड़ी ही देर में कोतवाल अपने सिपाहियों के साथ वहाँ आ पहुँचा। उसने रॉबिनहुड को सरदार गिसबोर्न समझा और पूछा, "सरदार, क्या आपने ही तुरही बजाई थी?"

रॉबिनहुड ने उसे बताया कि किस तरह उसकी और रॉबिनहुड की

लड़ाई हुई और उसने रॉबिनहुड को मार डाला, यह सुनकर कोतवाल बहुत खुश हुआ और बोला, "वाह! आपने बहुत बड़ा काम किया। अगर रॉबिनहुड जिंदा पकड़ा जाता तो आज मैं उसे उसके एक दूसरे साथी के साथ फाँसी पर चढ़ाता।"

रॉबिनहुड ने पूछा, "उसके साथी के साथ! वह कौन है?"

"क्या आपको पता नहीं? जब आप रॉबिनहुड को मारने के लिए निकले तो उसी बीच हमने रॉबिनहुड के एक साथी को शहर में गिरफ्तार किया। उसका नाम लिटिल जॉन है। वह रॉबिनहुड का बड़ा साथी है। हम उसे फाँसी पर चढ़ा ही रहे थे कि आपकी तुरही की आवाज सुनाई दी। हमने सोचा कि आपने रॉबिनहुड को पकड़ लिया है, इसलिए रॉबिनहुड को लेने के लिए आपके पास चले आए।"

जॉन को मुश्किल में देख रॉबिनहुड कुछ घबराया। उसका साथी जॉन शत्रु के हाथ में पड़ गया था और उसे फाँसी चढ़ाने की तैयारी हो रही थी। वह बोला, "कोतवाल साहब, क्या आप मेरी बात मानेंगे?"

"कहिए, कहिए।"

"बात यह है कि मुझे इनाम की जरूरत नहीं है। मैंने रॉबिनहुड को मारा है, इसलिए मैं चाहता हूँ कि उसके साथी को भी मैं ही मारूँ।"

"ठीक है, यह तो और भी अच्छा है। आप चलिए हमारे साथ। हमने उस बदमाश को एक पेड़ से बाँध रखा है।"

उस टीले के पास पहुँचकर रॉबिनहुड ने कोतवाल से कहा,

"कोतवाल साहब, आप अपने सिपाहियों को लेकर दूर चले जाइए। मैं अकेला ही इस लुटेरे को अभी नरक में भेजता हूँ।"

रॉबिनहुड की बात मानकर कोतवाल अपने सिपाहियों को लेकर दूर चला गया। रॉबिनहुड ने लिटिल जॉन की रस्सी काट डाली और उसके हाथ में एक तीर-कमान थमाकर बोला, "जॉन! मैं रॉबिनहुड हूँ।"

लेकिन लिटिल जॉन ने तो पहले ही रॉबिनहुड को पहचान लिया था। दोनों ने मिलकर कोतवाल को मजा चखाने का निश्चय किया। रॉबिनहुड ने तुरही बजाई और फिर दोनों ने कोतवाल के सिपाहियों पर तीरों से हमला शुरू कर दिया। इतने में रॉबिनहुड की आवाज सुनकर उसके अन्य साथी भी वहाँ आ पहुँचे। कोतवाल के देखते-ही-देखते कई सिपाही घायल होकर जमीन पर गिर पड़े। सिपाहियों में भगदड़ मच गई। थोड़ी ही देर में कोतवाल बाकी सिपाहियों को लेकर वहाँ से भाग निकला।

# रॉबिनहुड और मेरियन

शिकार की तलाश में एक दिन रॉबिनहुड जंगल में घूम रहा था। तभी अचानक उसे एक हिरन दिखाई पड़ा। इससे पहले कि रॉबिन उस हिरन को मारने के लिए अपना तीर छोड़ पाता कि तभी कहीं से एक तीर आकर उस हिरन के पेट में घुस गया। हिरन छटपटाकर जमीन पर गिर पड़ा।

थोड़ी ही देर में सामने झाड़ी में से एक नौजवान बाहर निकला। उसके हाथ में धनुष और कमर में तलवार लटक रही थी। रॉबिनहुड ने आगे बढ़कर उस नौजवान को रोकते हुए पूछा, "कौन हो तुम? यह राजा का जंगल है और इसमें हिरन का शिकार करने की मनाही है। क्या तुम्हें यह नहीं मालूम?"

नौजवान बोला, "तुम मुझे रोकने वाले कौन होते हो? हिरन का शिकार करने का मुझे उतना ही हक है जितना कि राजा को।"

"लेकिन तुम हो कौन?"

"इससे तुम्हें मतलब?"

रॉबिनहुड ने कहा, "लगता है, तुम्हें जंगल के कायदे-कानून का ज्ञान नहीं है।"

सुनते ही उस नौजवान ने तलवार खींच ली और कहा, "कायदे-कानून सिखाने वाले तुम कौन हो? निकालो अपनी तलवार! आओ,

दो-दो हाथ हो जाएँ।"

रॉबिनहुड तलवार निकालकर उससे भिड़ गया। देखने में तो वह नौजवान बिलकुल लड़का मालूम पड़ता था, लेकिन वह बहुत अच्छी तलवार चला रहा था। उसने बहुत देर तक रॉबिनहुड का मुकाबला किया, लेकिन फिर वह थकने लगा। उसका चेहरा लाल हो गया। यह देखकर रॉबिनहुड ने अपना हाथ कुछ धीमा कर दिया और लड़ाई बंद करने की कोशिश की; लेकिन मौका देखकर उन नौजवान ने रॉबिनहुड के हाथ पर चोट की। रॉबिनहुड के हाथ से खून निकलने लगा। नौजवान बोला, "क्यों, अब लड़ाई से तुम्हारा मन भर गया?"

रॉबिनहुड ने कहा, "हाँ भाई, भर गया, लेकिन तुम हो कौन, तुम्हारा नाम क्या है?"

"मेरा नाम रिचर्ड है और मैं रानी ऐलन का नौकर हूँ।" युवक ने जवाब दिया।

लेकिन तुम अकेले यहाँ शेरवुड के जंगल में क्या करने आए हो?" रॉबिन आँखें फैलाते हुए बोला।

युवक ने अपनी जेब से एक सुंदर रूमाल निकाला और उससे तलवार पोंछते हुए जवाब दिया, "मैं रॉबिनहुड नाम के एक लुटेरे की खोज में निकला हूँ। मैं रानी की ओर से उसके नाम माफीनामा लाया हूँ।" यह कहकर उसने अपना रूमाल जेब में रख लिया। लेकिन तभी रॉबिनहुड ने देखा कि उसकी जेब में सोने का एक तीर चमक रहा है। रॉबिनहुड ने उस तीर को तुरंत ही पहचान लिया। यह वही तीर था, जिसे उसने

प्रतियोगिता में जीतकर मेरियन को भेंट किया था।

रॉबिनहुड ने उसके चेहरे की ओर ध्यान से देखा और फिर खुश होकर बोला, "मैंने तुम्हें पहचान लिया। यह वही तीर है न, जिसे मैंने नॉटिंघम के मुकाबले में जीतकर तुम्हें भेंट किया था। तुम मेरियन हो। क्या अनूठा वेश बनाया है तुमने।"

"तो क्या तुम ही रॉबिनहुड हो?"

"और क्या, तुमने मुझे पहचाना नहीं? ओह, मैंने अपने सिर पर पट्टी जो बाँध रखी है।" यह कहकर रॉबिनहुड ने अपने सिर से पट्टी खोल दी। मेरियन बोली, "रॉबिन! मैंने तो तुम्हें पहचाना ही नहीं। मैंने तुम्हारे हाथ पर चोट भी पहुँचा दी।" यह कहकर उसने अपना रूमाल निकाला और रॉबिनहुड के हाथ पर बाँध दिया।

रॉबिनहुड से मिलकर मेरियन बहुत प्रसन्न हुई। रॉबिनहुड की भी खुशी का ठिकाना नहीं था। एक पेड़ के नीचे बैठकर दोनों काफी देर तक बातें करते रहे। बरसों बाद दोनों मिले थे, दोनों एक-दूसरे को बीते दिनों की कहानी सुनाना चाहते थे।

कुछ समय बाद रॉबिनहुड मेरियन को अपने साथियों के पास ले गया। उसके साथी मेरियन से मिलकर बहुत प्रसन्न हुए। मेरियन बोली, "तुम लोगों के कारनामे रानी ऐलन तक पहुँच गए हैं। वे तुम सबसे मिलना चाहती हैं। रॉबिन, वे तुम्हारी निशानेबाजी देखना चाहती हैं। अगले हफ्ते लंदन में एक बहुत बड़ी प्रतियोगिता होने वाली है। उसमें बहुत बड़े-बड़े तीरंदाज भाग लेंगे। रानी ने संदेश भेजा है कि अपने चार चुने

हुए साथियों को तुम भी मुकाबले में भाग लेने के लिए भेजना। डरने की कोई बात नहीं है, क्योंकि रानी ने वादा किया है कि वहाँ कोई तुम्हारा कुछ नहीं बिगाड़ सकेगा। मैंने रानी से कहा था कि मुझे इजाजत हो तो मैं खुद रॉबिनहुड को बुलाकर ला सकती हूँ। रानी खुशी-खुशी राजी हो गईं। साथ ही उन्होंने अपनी अँगूठी भी दी है। इस अँगूठी की वजह से तुम्हें वहाँ कोई खतरा नहीं होगा और तुम्हें कोई नहीं पकड़ेगा।"

मेरियन की बात सुनकर सभी साथी गद्‌गद हो उठे। बहुत दिनों बाद उन्हें किसी प्रतियोगिता में भाग लेने का अवसर मिल रहा था। दूसरे ही दिन रॉबिनहुड सुबह अपने चुने हुए चार साथियों को लेकर लंदन की ओर चल पड़ा। रॉबिनहुड ने लाल सुर्ख पोशाक पहन रखी थी। उसके दूसरे साथियों ने नीले रंग के कपड़े पहने थे। सबके सिर पर काली टोपियाँ थीं, जिनमें सफेद रंग के पंख खोंसे हुए थे। रॉबिनहुड ने अपने हाथ में रानी की दी हुई अँगूठी पहन रखी थी। मेरियन भी उनके साथ थी।

रॉबिनहुड और उसके साथियों को वह रनिवास में ले गई। रानी की अँगूठी पास होने के कारण किसी ने इन लोगों को नहीं रोका। रानी ने रॉबिनहुड और उसके साथियों का आदर-सत्कार किया। उन लोगों से मिलकर रानी बहुत प्रसन्न हुईं।

# सर्वश्रेष्ठ निशानेबाज

एक बहुत बड़े मैदान में खेल की सभी जरूरी व्यवस्थाएँ की गई थीं। इस मैदान का नाम फिसबरी फिल्ड था। तीरंदाजी की प्रतियोगिता इसी मैदान में होनी थी। दूर-दूर के तीरंदाज और निशानेबाज अपना हुनर दिखाने के लिए एकत्रित होने लगे थे। निशानेबाजी देखने के लिए बहुत दूर-दूर से लोग आ रहे थे। इस निशानेबाजी में राजा के कई खास सरदार और तीरंदाज भाग ले रहे थे। लोगों के तंबू मैदान के आस-पास लगे हुए थे। मैदान के दोनों ओर दर्शकों के बैठने की अच्छी व्यवस्था की गई थी। एक ओर एक बड़ा शामियाना तना हुआ था। इसके बीच राजा और रानी के लिए सिंहासन लगा था। दूसरे दरबारियों और सरदारों के बैठने के लिए भी इसी शामियाने में खास इंतजाम किया गया था।

आखिर वह दिन आ ही गया, जिस दिन प्रतियोगिता होनी थी, लोगों की अपार भीड़ मैदान की ओर बढ़ रही थी। ठीक समय पर प्रवेश-द्वार से एक घुड़सवार तुरही बजाता हुआ मैदान के बीच आ खड़ा हुआ। उसके पीछे-पीछे छह घुड़सवार और थे, उसके बाद राजा का रथ आया। राजा के साथ रानी और दो राजकुमार भी थे। उनके पीछे अन्य दरबारी थे। जब राजा और रानी अपने सिंहासन पर बैठ गए तो अन्य लोग भी अपने-अपने स्थान पर जा बैठे।

उस दिन प्रतियोगिता का प्रबंध राज्य का सबसे बड़ा तीरंदाज टेप्स कर रहा था। उसने सौ-सौ गज की दूरी पर दस निशाने रखे थे। इन्हीं निशानों पर तीर चलाने थे। दस-दस तीरंदाजों की टुकड़ियाँ बनाई गई थीं और इनामों की भी घोषणा कर दी गई थी। पहला इनाम सोने की चालीस मोहरों से भरी एक थैली के रूप में था। दूसरे इनाम में चाँदी के चालीस रुपयों की थैली थी, और तीसरे इनाम में चाँदी की एक तुरही थी।

प्रतियोगिता शुरू हुई। निशाने के ठीक मध्य में तीर मारना था। इस मुकाबले में टेप्स पहला, गिलबर्ट दूसरा और क्लिफ्टन नाम का तीसरा सरदार आया।

दूसरी बार निशान को एक सौ बीज गज की दूरी पर रखा गया। यह मुकाबला सिर्फ राजा के तीरंदाजों के लिए ही नहीं था, इसमें कोई भी भाग ले सकता था, लेकिन यह बहुत मुश्किल निशान था। सिर्फ दस-बारह व्यक्ति ही इसके लिए हिम्मत बाँध सके।

राजा ने कहा, "मेरे तीरंदाजों के सामने ये लोग कहाँ टिक सकेंगे? बेकार ही अपनी हँसी कराने के लिए आगे आए हैं।"

रानी बोली, "स्वामी, क्या आपके ये दस तीरंदाज इंग्लैंड में सर्वश्रेष्ठ हैं?"

राजा ने बड़े गर्व से कहा, "और क्या? इंग्लैंड ही क्यों, पूरे यूरोप में मेरे तीरंदाजों का कोई मुकाबला नहीं कर सकता। यदि इन्हें कोई हरा दे तो मैं उसे पाँच सौ पौंड का इनाम देने को तैयार हूँ।"

रानी ने कहा, "ठीक है स्वामी, मैं भी अपने कुछ तीरंदाजों को मुकाबले में उतारना चाहती हूँ, लेकिन उससे पहले आपको एक वादा करना होगा।"

"कैसा वादा?"

रानी बोली, "मेरे पास पाँच तीरंदाज हैं। वे आपके दसों बहादुरों को हरा देंगे, लेकिन आपको वादा करना होगा कि उन लोगों की सजाएँ माफ कर दी जाएँगी और उन्हें कोई तकलीफ नहीं दी जाएगी।"

रानी की बात सुनकर राजा को बड़ा आश्चर्य हुआ। पहले तो उसने यह समझा कि रानी उससे मजाक कर रही है। लेकिन वादा करने के बाद वह बोला, "सोच लो, कहीं बाद में तुम्हें पछताना न पड़े। मेरे तीरंदाजों जैसे निशानेबाज तुमको कहीं पर नहीं मिलेंगे।"

रानी हँसकर बोली, "कोई बात नहीं।" फिर उसने मेरियन को इशारा किया। मेरियन उठकर वहाँ से चली गई।

इस बार मुकाबले में गिलबर्ट और टेप्स की बराबरी रही, ओलविन का तीसरा और जियोफ्रे नाम के तीरंदाज का चौथा स्थान रहा तथा क्लिफ्टन का स्थान पाँचवाँ रहा, अब आखिरी मुकाबला होने वाला था।

राजा ने खड़े होकर ऐलान किया, "अब गिलबर्ट और उसके चार साथियों के अलावा रानी के तीरंदाजों के बीच मुकाबला होगा।"

अचानक राजा की बात सुनकर लोगों को आश्चर्य हुआ। ये रानी के तीरंदाज कौन हैं?

थोड़ी ही देर बाद दूसरी ओर से पाँच घुड़सवार मैदान में आकर खड़े हो गए। उनके साथ ही मेरियन भी एक घोड़े पर सवार होकर आई थी। नए आने वाले तीरंदाजों में से चार ने नीले रंग के कपड़े पहन रखे थे और पाँचवें ने लाल रंग की चमकीली पोशाक पहन रखी थी। ये रॉबिनहुड और उसके साथी थे, लेकिन यहाँ उन्हें कोई भी नहीं पहचान पाया। रॉबिनहुड सबसे आगे चल रहा था। सबके हाथ में तीर-धनुष थे। पाँचों तीरंदाजों ने आगे आकर राजा और रानी को झुककर सलाम किया। मेरियन ने कहा, "महारानी! आपने जिन लोगों को लाने का हुक्म दिया था, उन्हें मैंने आपके सामने हाजिर कर दिया है। ये लोग आपकी ओर से मुकाबले में भाग लेंगे।"

राजा ने पूछा, "ये सब कौन हैं?"

उस समय हरफोर्ड का बिशप 'धर्मगुरु' वहाँ उपस्थित था। वह अचानक बोल उठा, "सरकार! ये पाँचों शेरवुड जंगल के लुटेरे हैं। राहगीरों को लूटना और इधर-उधर डाके डालना ही इन लोगों का पेशा है। यह व्यक्ति, जिसने लाल पोशाक पहन रखी है, इनका सरदार है। इसका नाम रॉबिनहुड है और बाकी ये सब इसके साथी हैं।"

रानी हँसकर बोली, "हाँ, बिशप साहब! हम इन लोगों को अच्छी तरह पहचानते हैं।"

राजा चौंका। उसने गंभीरता से रानी से पूछा, "क्यों, क्या यह बात सच है?"

रानी ने कहा, "जी हाँ, लेकिन अपना वादा न भूलें।"

"हाँ, इससे तुम बेफिक्र रहो, लेकिन मेरा वादा सिर्फ चालीस दिनों के लिए है।"

इसके बाद मुकाबला शुरू हुआ। पहला निशाना एक सौ बीस गज की दूरी पर रखा गया। पहले राजा के तीरंदाजों की बारी थी। सबसे पहले क्लिफ्टन ने निशाना साधकर तीर चलाया, लेकिन वह खाली गया। इसके बाद उसने दो-तीन तीर और चलाए, लेकिन वे भी निशाने पर नहीं लगे।

रॉबिनहुड की ओर से विल ने तीर चलाया। दो-तीन तीरों के बाद उसका तीर निशान के काले घेरे के अंदर लगा, लेकिन ठीक बीच में नहीं लग सका। इसके बाद दूसरा निशाना तय किया गया। इस बार राजा की ओर से जियोफ्रे और रॉबिनहुड की ओर से ऐलन मैदान में उतरे। जियोफ्रे के तीनों तीर काले निशान के किनारे लगे, साथ ही ऐलन के तीर भी उसके पास ही लगे। इसके बाद स्टटली रानी की ओर से और ओलविन राजा की ओर से आगे आए। ओलविन के तीर तो काले निशान पर ही लगे, लेकिन स्टटली के तीर निशान से बाहर लगे।

यह देखकर रॉबिनहुड बोला, "यह तुम क्या कर रहे हो, स्टटली? क्या रानी का अपमान कराना है? इस तरह शेरवुड का नाम न डुबाओ।" स्टटली बड़ा शर्मिंदा हुआ, उसने फिर से एक तीर चलाया, जो सीधा जाकर निशान के बीचोबीच लगा।

ऐसा सच्चा निशाना अभी तक किसी ने भी नहीं लगाया था, लेकिन

फिर भी जीत ओलविन की ही हुई, क्योंकि उसके तीनों तीर निशाने पर लगे थे। स्टटली के पहले तीन तीर खाली गए थे और चौथा बीच में बैठा था।

राजा ने रानी को देखकर कहा, "लो, तुम्हारे तीन तीरंदाज तो हार गए।"

रानी ने कहा, "जी हाँ, लेकिन अभी दो और बाकी हैं। उनमें से एक खुद रॉबिनहुड और दूसरा लिटिल जॉन है।"

अबकी बार टेप्स आगे आया, लेकिन उसके पहले दो तीर खाली गए। तीसरा तीर निशान के बीच में लगा, फिर लिटिल जॉन ने धनुष ताना। उसके पहले दोनों तीर निशाने के पास ही बैठे। तीसरे तीर में तो उसने कमाल ही कर दिया। उसका तीसरा तीर टेप्स के तीर को तोड़कर उसकी जगह खुद जा बैठा। राजा को अपनी आँखों पर विश्वास नहीं हुआ। वह बोला, "ऐसी निशानेबाजी मैंने कभी नहीं देखी।"

रानी की खुशी का ठिकाना न था। उन्हें अपनी जीत की आशा होने लगी। वह हँसकर बोलीं, "महाराज! अब तक दोनों पक्ष बराबर रहे हैं। अब देखें, गिलबर्ट और रॉबिनहुड क्या करते हैं?"

गिलबर्ट ने बड़ी सफाई से एक के बाद एक तीन तीर छोड़े। तीनों काले निशान के अंदर ही लगे, लेकिन उनमें से कोई भी उसके बीच में नहीं लगा।

अब रॉबिनहुड की बारी थी। उसके तीनों तीर गिलबर्ट के तीरों के

बीच में जो जगह थी, उसमें जाकर लगे। तीसरा तीर निशान के बीचोबीच लगा। गिलबर्ट राजा का बहुत प्रिय व्यक्ति था। राजा उसे अपने राज्य का सबसे बड़ा तीरंदाज मानता था। वह चिढ़कर बोला, "गिलबर्ट हारा नहीं, उसके तीनों तीर निशान पर ठीक बैठे हैं।"

रॉबिनहुड ने झुककर सलाम किया और कहा, "सरकार, आप यह मानते हैं कि हम दोनों के तीर ठीक जगह पर लगे हैं, इसलिए हम दोनों बराबर रहे तो एक बार फिर से हमारी परीक्षा ली जाए, लेकिन इस बार मेहरबानी करके मुझे निशाना रखने की इजाजत दीजिए।"

राजा ने उसे इजाजत दे दी। रॉबिनहुड पास ही के एक पेड़ की पतली डाल काट लाया। अपनी छुरी से उसने डाल का छिलका उतार दिया और जब डाल बहुत पतली हो गई तो फिर इस पतली डाल को उसने निशान की जगह खोंस दिया और कहा, "गिलबर्ट, यह डाल ही मेरा निशान है। इस पर तीर चलाओ।"

गिलबर्ट के हाथ-पैर फूल गए। उसकी आँखों के सामने अँधेरा छाने लगा। डाल इतनी पतली थी कि उसे साफ-साफ दिखाई भी नहीं दे रही थी, लेकिन उसे तीर को चलाना ही था। राजा का मान तो उसे रखना ही था, वह अकड़ता हुआ अपनी जगह पहुँचा। उसने निशाना साधकर और कान तक धनुष खींचकर तीर चला दिया। लेकिन उसका तीर डाल तक न छू सका।

अब रॉबिनहुड की बारी थी। उसने अपने तरकस में से एक पतला

तीर निकाला और बहुत आसानी से निशाना साधकर तीर चला दिया। देखते-ही-देखते डाली के दो टुकड़े हो गए और तीर आगे चला गया।

यह देखकर गिलबर्ट के पसीने छूट गए, वह बोला, "लगता है, तुमने अपने धनुष पर कोई जादू कर रखा है। वरना ऐसा निशाना लगाना संभव नहीं है।"

राज्य के सर्वश्रेष्ठ तीरंदाज को इस तरह हारते देखकर राजा को बहुत अफसोस हो रहा था और साथ ही गुस्सा भी आ रहा था। उसने रानी को इनाम बाँटने का हुक्म दिया और फिर घोड़ा दौड़ाता हुआ अपने राज्य में लौट गया। उसने रानी से भी बात नहीं की।

कुछ देर बाद रानी ने रॉबिनहुड और उसके साथियों को पास बुलाया और उन्हें शाबाशी देते हुए कहा, "मैं तुम लोगों से बहुत खुश हूँ। तुम लोगों ने मेरा मान रख लिया। यह लो प्रतियोगिता जीतने का इनाम।" यह कहकर उसने रॉबिनहुड को एक थैली दी, जिसमें सोने की चालीस मोहरें थीं। लिटिल जॉन को चाँदी के चालीस रुपयों वाली थैली मिली और ऐलन को चाँदी की एक तुरही इनाम में मिली।

इसी के साथ प्रतियोगिता समाप्त हो गई थी। रॉबिनहुड और उसके साथी फिर से जंगल की ओर चले गए। आज उनके जीवन का सबसे खुशी का दिन था।

# राजा का हुक्मनामा

रानी की बात का राजा ने मान रखा। रॉबिनहुड और उसके साथियों को किसी ने भी रोकने का प्रयास नहीं किया। अब वे बिना किसी भय के जंगल में आ गए थे। उन्हें पूरा विश्वास था कि चालीस दिनों तक उन्हें कोई खतरा नहीं है। लेकिन चालीस दिन होते ही तुरंत राजा ने शहर कोतवाल को आदेश दिया कि किसी भी हालत में रॉबिनहुड और उसके लुटेरे साथियों को गिरफ्तार करो अन्यथा नौकरी छोड़ दो।

कोतवाल तो पहले ही रॉबिनहुड से चिढ़ा हुआ था। इसके अलावा उसकी लड़की भी रॉबिनहुड से नाराज थी, क्योंकि उस दिन नॉटिंघम के मुकाबले में वह भी मौजूद थी और रॉबिनहुड ने सोने का तीर जीतकर उसे देने के बजाय मेरियन को दिया था। उसी दिन से वह रॉबिनहुड से बदला लेने का अवसर तलाश रही थी।

एक दिन बरतनों की मरम्मत करने वाला एक कारीगर कोतवाल के घर पहुँचा। उसका नाम मिडिल था। वह बड़ा ही गप्पी इनसान था। वह काम कम और बात ज्यादा करता था। बरतनों की मरम्मत करते-करते वह बोला, "अगर मैं रॉबिनहुड को पकड़ पाऊँ तो उसे ऐसा मजा चखाऊँगा कि वह भी याद रखेगा।"

वहीं पर कोतवाल की लड़की भी बैठी थी। वह बोली, "अगर तुम

रॉबिनहुड को पकड़ लाओ तो मैं तुम्हें मुँहमाँगा इनाम दूँगी।"

मिडिल तो जैसे इसी अवसर की तलाश में था। वह तुरंत मान गया और रॉबिनहुड को पकड़ने निकल पड़ा।

घूमता-घामता वह शेरवुड के जंगल में जा पहुँचा। जंगल में कुछ दूर जाने पर उसे एक युवक मिला। उसने मिडिल से बड़ी बेपरवाही से पूछा, "क्यों भाई, तुम कौन हो और कहाँ से आ रहे हो?"

मिडिल ने उत्तर दिया, "मैं रॉबिनहुड नाम के लुटेरे को पकड़ने निकला हूँ। मुझे कोतवाल साहब की लड़की ने राजा की मोहर लगा एक हुक्मनामा भी दिया है। मेरा नाम मिडिल है।"

युवक बोला, "अच्छा, जरा देखें तो, कैसा हुक्मनामा है?"

मिडिल बोला, "नहीं भाई, उसे तो मैं किसी को भी नहीं दिखाऊँगा। यदि तुम रॉबिनहुड को पकड़ने में मेरी मदद करो तो मैं तुम्हें कोतवाल से बहुत बड़ा इनाम दिलवा सकता हूँ।"

वह युवक हँसकर बोला, "ठीक है, लेकिन ये सब बातें इस तरह राह चलते तय नहीं की जातीं। आओ, पास में ही एक सराय है, वहीं बैठकर बातें करेंगे।" दोनों सराय में पहुँचे। मिडिल ने शराब लाने का हुक्म दिया। वह बड़ा पियक्कड़ था। वह एक के बाद एक जाम खाली करने लगा, लेकिन वह युवक बहुत होशियार मालूम होता था। उसने शराब को छुआ तक नहीं। मिडिल ने कहा, "ऐसी कौन सी चाल चली जाए जो रॉबिनहुड अपने आप ही हमारे जाल में आ फँसे।" फिर वह युवक धीरे-धीरे मिडिल

को बताने लगा कि रॉबिनहुड को किस प्रकार पकड़ा जा सकता है।

मिडिल यह सब सुनकर बहुत खुश हुआ, उसे लगा कि रॉबिनहुड को पकड़ना बहुत ही आसान काम है। इसी खुशी में वह कुछ ज्यादा शराब पी गया। थोड़ी ही देर में वह ऊँघने लगा। मौका देखकर उस युवक ने उसकी जेब से राजा का हुक्मनामा निकाल लिया और तुरंत वहाँ से चलता बना।

कुछ देर बाद मिडिल को होश आया, लेकिन वह अब नशे में चूर था। बड़बड़ाते हुए बोला, "हाँ, तो क्या कह रहे थे तुम? उस लुटेरे रॉबिनहुड को कैसे पकड़ा जाए?" तभी उसने चौंककर अपने आस-पास देखा और फिर वह चीखने लगा, "अरे, कहाँ गए तुम? अरे, मेरी जेब से राजा का हुक्मनामा भी निकाल लिया। कोई बदमाश मालूम होता है। क्यों भाई, वह लड़का जो अभी मेरे पास यहाँ बैठा था, कहाँ गया?" उसने सराय वाले से पूछा।

सरायवाला बोला, "क्यों चीखते हो, अभी तो तुम रॉबिनहुड के साथ बैठकर शराब पी रहे थे और अब उसी को कोस रहे हो?"

"क्या कहा, वही रॉबिनहुड था?" मिडिल उछलकर खड़ा हो गया और बोला, "तो फिर तुमने मुझे पहले क्यों नहीं बताया?"

सरायवाला कुछ नहीं बोला और अपने काम में लग गया। मिडिल दौड़ता हुआ बाहर गया और रॉबिनहुड को खोजने लगा। खोजते-खोजते वह फिर से जंगल में जा पहुँचा। कुछ दूर जाने पर उसने देखा कि रॉबिनहुड वहीं एक पेड़ की छाँह में बैठा था। उसे देखकर मिडिल दूर ही

खड़ा रहा और कहने लगा, "क्यों भाई, तुमने मेरी जेब से राजा का हुक्मनामा निकाल लिया! लाओ, तुरंत वह हुक्मनामा निकालकर मुझे दे दो, वरना तुम्हारा वो हाल करूँगा कि।"

उसकी बात सुनकर रॉबिनहुड हँसने लगा। उसे हँसते देखकर मिडिल को गुस्सा आ गया। वह रॉबिनहुड की ओर बढ़ने लगा और अचानक रॉबिनहुड पर टूट पड़ा, लेकिन थोड़ी देर में ही रॉबिनहुड ने उसे जमीन पर पटक दिया और कहा, "यदि अपनी जान की सलामती चाहते हो तो चुपचाप यहाँ से चले जाओ।"

मिडिल बोला, "अब मेरा लौटकर जाना संभव नहीं है। कोतवाल की लड़की अपने पिता से कहकर मुझे जेल में डलवा देगी। तुम मुझे अपने दल में शामिल कर लो। मैं आगे से तुम्हारा कहना मानूँगा।"

उसकी बात मानकर रॉबिनहुड ने भी उसे अपने दल में शामिल कर लिया। उसे अपने सभी दोस्तों के पास ले गया और उनका मिडिल से परिचय करवाया।

जब कोतवाल की लड़की को यह सब पता चला तो वह रॉबिनहुड को पकड़ने के लिए एक शक्तिशाली व्यक्ति की खोज करने लगी। तभी उसकी मुलाकात आर्थर से हुई। आर्थर लंबा-चौड़ा शक्तिशाली व्यक्ति था। कुश्ती में उसे आज तक कोई नहीं पछाड़ सका था, अब तक वह कई दंगल जीत चुका था। कोतवाल की लड़की ने किसी तरह आर्थर को राजी कर लिया कि वह रॉबिनहुड को पकड़कर लाए। आर्थर वैसे भी

अकसर चोरी-छिपे शेरवुड के जंगल में जाता था और अपने खाने के लिए हिरन मार लाता था। वह अपना तीर-कमान लेकर जंगल की ओर चल पड़ा।

घने जंगल में वह एक जगह छिपकर बैठ गया। कुछ देर बाद उधर से एक हिरन को आते देखकर वह निशाना साधने लगा। इतने में पास ही एक झाड़ी से एक व्यक्ति निकला और उसे डाँटते हुए बोला, "खबरदार, तीर मत चलाना! कौन हो तुम?"

आर्थर बोला, "मुझे रोकने वाले तुम कौन हो? चुपचाप यहाँ से चले जाओ, वरना तुम्हारी हड्डी-पसली चूर-चूर कर दूँगा।"

रॉबिनहुड उससे बहस करने की अपेक्षा लाठी लेकर उससे भिड़ गया। आर्थर ने तुरंत लाठी उसके हाथ से छीन ली और उसे जमीन पर पटक दिया। थोड़ी देर के लिए तो रॉबिनहुड जमीन पर पड़ा रहा, फिर बिजली की गति से उठकर पीछे से आर्थर के ऊपर कूद पड़ा। वैसे आर्थर बहुत बड़ा पहलवान था, लेकिन इस अचानक हमले को वह सँभाल न सका और औंधे मुँह जमीन पर जा गिरा। अब तक वह किसी से भी हारा नहीं था। आज पहली बार एक नौजवान ने उसे हराया था। वह बोला, "तुम कौन हो भाई? मैंने बड़े-बड़े पहलवानों से कुश्ती लड़ी, लेकिन कोई मुझे गिरा नहीं सका। आज तुमने मुझे हरा दिया। तुम कोई बहुत बहादुर इनसान मालूम होते हो। कहीं तुम्हीं तो रॉबिनहुड नहीं हो?"

रॉबिनहुड हँसकर बोला, "इस जंगल में रॉबिनहुड के अलावा तुम्हें

और कौन पछाड़ सकता है? मैं रॉबिनहुड ही हूँ, अब सच-सच बता दो, तुम जंगल में क्या करने आए थे?"

आर्थर बहुत घबरा गया था। वह सँभलकर उठा और बोला, "सही बात तो यह है कि मैं तुम्हें पकड़ने के लिए आया था, लेकिन मैं नहीं जानता था कि तुम इतने बहादुर इनसान हो। तुम्हारे जैसे बहादुर इनसान से तो मैं लड़ने की अपेक्षा दोस्ती करना पसंद करूँगा।"

यह कहकर उसने रॉबिनहुड की ओर हाथ बढ़ा दिया।

रॉबिनहुड ने उससे हाथ मिलाते हुए कहा, "ठीक है, मैं आज से तुम्हें भी अपने दल में शामिल कर लेता हूँ। मेरे दल में मेरा एक साथी है, वह भी तुम्हारी ही तरह शक्तिशाली है। उसका नाम है लिटिल जॉन।"

लिटिल जॉन का नाम सुनकर आर्थर बोला, "अच्छा! लिटिल जॉन भी तुम्हारे साथ है? वह तो मेरा रिश्तेदार है। मैं बहुत दिनों से उससे नहीं मिला हूँ। चलो, मुझे उससे मिलवा दो।" रॉबिनहुड उसे अपने साथ अपने दल के अन्य लोगों से मिलवाने के लिए ले गया।

इसी बीच राजा हेनरी की मृत्यु हो गई। उसके स्थान पर उसके पुत्र रिचर्ड ने राजकाज सँभाल लिया। रिचर्ड बहुत ही बहादुर और कोमल हृदयवाला युवक था। लेकिन गद्दी पर बैठते ही उसे युद्ध के लिए राजधानी से बाहर जाना पड़ा। उसकी गैरहाजिरी में युवराज जॉन राजा का काम देखने लगा। जॉन गलत प्रवृत्ति का युवक था। उसने थोड़े ही दिनों में कई बड़े-बड़े सरदारों को दरबार से निकाल दिया और उनकी जमीनें

जब्त कर लीं। उसने मेरियन के पिता की जागीर भी जब्त कर ली। यही नहीं, वह मेरियन से जबरदस्ती विवाह की भी कोशिश करने लगा। उसने मेरियन को इतना तंग किया कि एक दिन वह पुरुषों के कपड़े पहनकर राजमहल से निकल भागी। भागकर वह सीधे शेरवुड के जंगल में रॉबिनहुड के पास पहुँची। उसने रॉबिनहुड को सारी बातें बता दीं। यह सब सुनकर रॉबिनहुड को बहुत गुस्सा आया।

उसी समय रॉबिनहुड के साथी एक व्यक्ति को पकड़कर वहाँ लाए। रॉबिनहुड तो उसे पहचान नहीं सका, लेकिन मेरियन तुरंत उसे पहचान गई और बोली, "अरे, ये सर रिचर्ड हैं–हमारे देश के बहुत बड़े जागीरदार और राजा के दरबारी।"

रॉबिनहुड ने आगे बढ़कर बहुत आदर के साथ सर रिचर्ड का स्वागत किया। उसने अपने साथियों को हुक्म दिया, "देखो, इन्हें किसी की तकलीफ न हो। इनके लिए अच्छे खाने का तुरंत प्रबंध किया जाए। ये हमारे मेहमान हैं।"

रॉबिनहुड के साथियों ने सर रिचर्ड के स्वागत-सत्कार का बहुत अच्छा प्रबंध किया। सर रिचर्ड इससे बहुत खुश होकर बोले, "धन्यवाद रॉबिनहुड! आज कितने दिनों के बाद मैंने भरपेट भोजन किया है। तुम अपने सब साथियों के साथ मेरे घर आना। मैं तुम्हारा खूब स्वागत करूँगा।"

रॉबिनहुड बोला, "सरदार साहब! लगता है, आप किसी मुसीबत में

फँसे हुए हैं। बताइए, यदि मैं आपके किसी काम आ सकूँ तो स्वयं को धन्य समझूँगा।"

सर रिचर्ड ने एक गहरी साँस लेकर कहा, "क्या बताऊँ रॉबिनहुड, मेरा भाग्य ही खराब है। मैं राजा के साथ युद्ध में गया था, लेकिन घायल होकर मुझे वहाँ से लौटना पड़ा। मेरा एक लड़का है, लेकिन वह छोटी उम्र में ही गलत संगत में पड़ चुका है। एक दिन वह दंगल में एक बड़े सरदार के साथ लड़ने लगा। वह सरदार बहुत जख्मी हुआ और कुछ ही दिनों में चल बसा। राजकुमार जॉन पहले से ही उससे कुछ नाराज रहता था, अब तो उसे मौका मिल गया। उसने मेरे लड़के को फाँसी पर चढ़ाने की तैयारी कर ली है। अपने लड़के को बचाने के लिए मैंने अपनी जागीर, महल आदि सबकुछ बेच डाला, लेकिन इतने से भी कुछ नहीं हुआ तो मुझे बहुत ऊँची ब्याज पर बिशप से भी रुपया उधार लेना पड़ा।"

रॉबिनहुड बोला, "अच्छा, यह तो बहुत बुरा हुआ।"

"हाँ, मैंने बिशप से छह हजार रुपया उधार लिया था, अब उसने मुझसे सारा रुपया वसूलने की धमकी दी है। यदि मैंने रुपए नहीं लौटाए तो मेरी बची-खुची जमीन-जायदाद भी जब्त हो जाएगी।"

"यह तो बहुत बुरा होगा। क्या कोई आपकी मदद नहीं कर सकता?" रॉबिन सहानुभूति दिखाते हुए बोला।

"इस समय तो मुझे कोई नहीं दिखाई देता। अगर राजा हेनरी होते तो

मुझे कोई चिंता नहीं थी, अब मैं किसके पास मदद के लिए जाऊँ?"

कुछ देर तक सोचने के बाद रॉबिन ने लिटिल जॉन को इशारे से अपने पास बुलाया और उसके कान में कुछ कहा। लिटिल जॉन पास ही एक गुफा में गया और अंदर से एक थैली निकाल लाया। उस थैली में से रॉबिनहुड ने एक अन्य थैली निकाली और सर रिचर्ड के हाथ में रखते हुए कहा, "लीजिए, इस थैली में छह हजार रुपए हैं, इनसे आप बिशप का कर्जा चुका दीजिए।"

सर रिचर्ड बहुत खुश हुए। उनकी आँखों में खुशी के आँसू छलक आए। वे बोले, "रॉबिनहुड! मैं तुम्हारा यह उपकार कभी नहीं भूल सकूँगा। मैं जीवन भर तुम्हारा आभारी रहूँगा।"

रॉबिनहुड बोला, "सर रिचर्ड! आभार मानने की कोई जरूरत नहीं। यह समझिए कि आपने दूसरी जगह से रुपया लेकर बिशप का कर्जा चुकाया है। बस फर्क इतना ही है कि हम आपसे रुपए का तकाजा नहीं करेंगे। एक साल बाद हम इसी जगह आपका इंतजार करेंगे। अगर हो सके तो आप रुपया लौटा दीजिएगा।"

रॉबिनहुड की महानता देखकर सर रिचर्ड की आँखें छलक पड़ीं। वह एकटक रॉबिनहुड को देखते रहे। सर रिचर्ड राजी हो गए, फिर रॉबिनहुड ने उन्हें पहनने के लिए अच्छे कपड़े व एक घोड़ा दिया और उसका एक साथी सर रिचर्ड को पहुँचाने के लिए जंगल की आखिरी सीमा तक गया।

# विशप को सबक

हरफोर्ड का बिशप मजबूर और गरीब लोगों की मजबूरियों का फायदा उठाकर उन्हें ब्याज पर पैसा दिया करता था। एक दिन रॉबिनहुड को सूचना मिली कि वह जंगल के पास से ही गुजरने वाला है। रॉबिनहुड और उसके साथियों की खुशी का ठिकाना न था। वह सालों से इसी अवसर की तलाश में थे कि कब उन्हें ऐसा अवसर मिले और पादरी को सबक सिखाएँ।

रॉबिनहुड और उसके साथियों ने गड़रिए का वेश बनाया और जिस रास्ते से पादरी निकलने वाला था, उस रास्ते पर उन्होंने आग जलाकर एक हिरन भूनना शुरू किया। थोड़ी देर बाद पादरी उधर से निकला। वह घोड़े पर बैठा था। उसके पीछे-पीछे उसके दस सिपाही भी चल रहे थे। पादरी ने देखा कि कुछ गड़रिए सड़क के किनारे बैठकर हिरन भून रहे हैं। उसने उन्हें डाँटते हुए कहा, "अरे, तुम लोग कौन हो और यह क्या कर रहे हो?"

उनमें से एक साथी बोला, "तुम्हें मतलब? तुम अपने रास्ते क्यों नहीं जाते?"

पादरी का एक सिपाही घोड़े को आगे बढ़ाकर बोला, "चुप रहो, जानते नहीं, मेरे मालिक हरफोर्ड के बिशप हैं। उनसे तुम इस तरह बातें करते हो?"

"ओ हो, हमारा बड़ा सौभाग्य! इतने बड़े पादरी साहब के आज हमें दर्शन हो रहे हैं। लेकिन पादरी साहब, जरा यह तो बताइए कि आप गरीबों को क्यों सताते हो?"

पादरी को बहुत गुस्सा आया। उसने गुस्से में चीखकर कहा, "चुप रहो, मैं अभी तुम्हें तुम्हारी करनी का फल देता हूँ। सिपाहियो, इन सबको पकड़ लो।"

बिशप का आदेश सुनकर सिपाही उनकी ओर बढ़े, लेकिन वे लोग पास आएँ, इससे पहले ही एक पेड़ के नीचे से तुरही बजने की आवाज आई और चालीस-पचास हथियारबंद व्यक्ति पादरी और उसके साथियों को घेरकर खड़े हो गए। पादरी तुरंत समझ गया कि वह आज रॉबिनहुड और उसके साथियों के चंगुल में फँस चुका है। वह मारे डर के काँपने लगा। उसकी आवाज गले में ही रुँध गई।

"पादरी साहब, डरिए नहीं। आज यहाँ आपकी दावत होगी।" रॉबिनहुड हँसते हुए बोला। वैसे भी खाना बनते देखकर पादरी के मुँह में पानी आने लगा था। रॉबिनहुड उसे खींचकर एक ओर ले गया और आराम से एक पत्थर पर बैठाकर बोला, "पादरी साहब! बहुत दिनों से आपका स्वागत करने की इच्छा थी, आज अवसर मिला है। लीजिए, भोजन कीजिए।" इसके बाद पादरी को भरपेट खाना खिलाया गया। खाने-पीने के बाद पादरी ने कहा, "रॉबिनहुड! खाना तुमने बहुत अच्छा बनवाया है। प्रभु ईसामसीह तुम्हारा भला करें। अब मैं चलता हूँ।"

रॉबिनहुड बोला, "अच्छी बात है पादरी साहब, लेकिन हम लोग गरीब व्यक्ति हैं। आपने जो खाना खाया है, उसका दाम तो देते जाइए।"

"पर रुपए तो मेरे पास नहीं हैं। मैं तुम्हें दाम कहाँ से दे सकता हूँ?" पादरी दयनीय स्थिति बनाकर बोला।

"ऐसा कैसे हो सकता है? आपके पास इस थैली में क्या है? जरा इसे तो दिखाइए।" यह कहकर रॉबिनहुड ने उससे थैली छीन ली।

पादरी उसी दिन रिचर्ड से अपने छह हजार रुपए वसूल करके लाया था। उसकी थैली में वही रुपया था। रॉबिनहुड बोला, "यह तो बड़ा अच्छा हुआ, मुझे इस समय छह हजार रुपयों की ही जरूरत थी। आप लोग तो यह शिक्षा देते ही हैं कि दूसरों की मदद करना हमारा कर्तव्य है। मेरा एक मित्र इस समय संकट में फँसा है। उसने एक पादरी से छह हजार रुपया उधार लिया था। अब वह उसे धमकी दे रहा है कि अगर रुपया नहीं दोगे तो तुम्हारी जमीन-जायदाद जब्त करा दूँगा। आपके इन रुपयों से मैं अपने उसी मित्र की मदद करना चाहता हूँ।"

और इसके बाद रॉबिनहुड तथा उसके साथियों ने पादरी के सिपाहियों को वहाँ से मारकर भगा दिया। लिटिल जॉन ने पादरी को उलटे मुँह घोड़े की पीठ पर बाँधकर घोड़े को चाबुक मारकर नॉटिंघम के रास्ते पर छोड़ दिया। घोड़ा गिरता-पड़ता पादरी को शहर ले गया।

काफी समय बीतने पर भी पादरी अपने इस अपमान को नहीं भुला पाया। उसने अपमान का बदला लेने की तैयारी की। एक दिन पादरी

अपने कई सिपाहियों को लेकर रॉबिनहुड की खोज में जंगल की ओर निकल पड़ा। उस समय रॉबिनहुड किसी काम से अकेला ही जा रहा था। पादरी ने अचानक उस पर हमला बोल दिया। चारों ओर से लोगों को घेरा बनाकर अपनी ओर आते हुए देख रॉबिनहुड एक क्षण के लिए चौंका और फिर तेजी से घोड़ा दौड़ाता हुआ वहाँ से भाग निकला। पादरी भी उसका पीछा करने लगा।

घोड़ा दौड़ाता हुआ रॉबिनहुड कुछ आगे निकल गया। कुछ ही दूरी पर एक विधवा बुढ़िया की झोंपड़ी थी। वह वहीं जा पहुँचा। अंदर बुढ़िया अपना चरखा कात रही थी। रॉबिनहुड की आवाज सुनकर उसने दरवाजा खोल दिया। रॉबिनहुड बोला, "दादी! पादरी अपने सिपाहियों को लेकर मेरा पीछा कर रहा है, इस समय मैं अकेला हूँ, मेरे साथी यहाँ से बहुत दूर होंगे। यदि मैं तुरही बजाऊँगा तो भी उनके आने से पहले पादरी के सिपाही मुझ पर हमला कर देंगे, इसलिए तुम मुझे कहीं छिपा दो।"

बुढ़िया बोली, "यहाँ आस-पास छिपने की तो कोई जगह नहीं है, लेकिन एक रास्ता निकल सकता है। तुम मेरे कपड़े पहन लो और मैं तुम्हारे पहन लेती हूँ। पादरी के सिपाहियों के लिए पहचान पाना मुश्किल होगा।"

तुरंत ही रॉबिनहुड ने बुढ़िया के कपड़े पहन लिये, फिर वह उस बुढ़िया की तरह गरदन झुकाकर चरखे के पास जा बैठा और सूत कातने लगा। कुछ ही देर में पादरी और उसके सिपाही वहाँ आ पहुँचे। उन्होंने

खिड़की से देखा कि अंदर एक बुढ़िया चरखा कात रही है। उन्होंने पूछा, "क्यों री बुढ़िया! तूने इधर से रॉबिनहुड को जाते देखा है?"

अंदर से रॉबिनहुड ने बुढ़िया की आवाज में कहा, "कौन हो तुम लोग? मुझ गरीब बुढ़िया को तंग करते तुम्हें शरम नहीं आती?"

एक सिपाही बोला, "नाराज क्यों हो रही हो बूढ़ी दादी?हरफोर्ड के बिशप साहब पूछ रहे हैं कि क्या तुमने रॉबिनहुड को इधर से जाते देखा है?"

"हाँ-हाँ, देखा क्यों नहीं। हम गरीबों का पेट तो रॉबिनहुड ही भरता है, पादरी साहब से हमको क्या मतलब। पादरी तो हमें कभी पूछता भी नहीं।"

पादरी ने डाँटकर कहा, "ऐ बुढ़िया! बकवास बंद कर। रॉबिनहुड को देखा हो तो बता कि वह कहाँ है?"

बुढ़िया हाथ जोड़कर काँपते-काँपते बोली, "पादरी साहब! मुझ पर दया कीजिए। रॉबिनहुड इस समय मेरी ही झोंपड़ी में छिपकर बैठा है, लेकिन उसे जिंदा पकड़ना असंभव है।"

पादरी अपने सिपाहियों को हुक्म देते हुए बोला, "ठीक है, यह तो अभी मालूम हुआ जाता है। सिपाहियो! अंदर जाकर तुम उस लुटेरे को पकड़ लाओ, और अगर वह आसानी से हाथ न आए तो झोंपड़ी में आग लगा दो, लेकिन आग लगाने से पहले इस बुढ़िया का चरखा निकालकर बाहर रख देना।"

सिपाहियों ने चरखा निकालकर बाहर रख दिया। रॉबिनहुड धीरे-धीरे

बुढ़िया की तरह कमर झुकाए और लाठी टेकते हुए बाहर निकल आया। सभी सिपाही बुढ़िया की झोंपड़ी में घुस गए।

जिस जगह बुढ़िया रॉबिनहुड का वेश बनाए बैठी थी, वहाँ तक जाने की किसी में हिम्मत नहीं हो रही थी। सब दूर से ही आवाज देने और लाठी पटकने के साथ-साथ एक-दूसरे को आगे बढ़ने के लिए हिम्मत बँधाने में लगे थे। वे सब रॉबिनहुड के तीरों से बहुत डरते थे।

तभी एक सिपाही ने हिम्मत बाँधी और अंदर झाँककर कहा, "हमने तो सुना था कि रॉबिनहुड बड़ा बहादुर है, लेकिन तुम तो औरतों की तरह कोने में छिपे बैठे हो। अगर हिम्मत है तो बाहर क्यों नहीं आते?"

पादरी के सभी सिपाही रॉबिनहुड को बाहर निकालने की जुगत में लगे थे। इसी बीच मौका पाकर बुढ़िया का वेश बनाए हुए रॉबिन वहाँ से घने जंगल में गायब हो गया।

तभी रॉबिनहुड के वेश में बुढ़िया बाहर आ गई, उसने सिपाहियों को डाँटकर कहा, "तुम लोगों ने मेरे दरवाजे तोड़ डाले, तुम्हारा सत्यानाश हो।" इस तरह वह सिपाहियों को गालियाँ देने लगी।

पादरी ने बुढ़िया को डाँटकर कहा, "बुढ़िया, तू चुप रह, हम लोग तुझे भी पकड़ ले जाएँगे। आज रॉबिनहुड यहाँ से बचकर नहीं जा सकता।" अभी पादरी अपनी बात समाप्त भी नहीं कर पाया था कि तभी आस-पास के पेड़ों से तीस-चालीस हथियारबंद व्यक्ति निकल आए। उन्होंने पादरी के सिपाहियों को घेर लिया। पादरी ने ललकारते हुए कहा,

"खबरदार! तुम्हारा सरदार मेरे कब्जे में है। अगर तुम लोग एक कदम भी आगे बढ़े तो हम झोंपड़ी में आग लगा देंगे और रॉबिनहुड इसी में जलकर खाक हो जाएगा।"

स्वयं को खतरे में घिरा जानकर पादरी हिम्मत बाँधकर सिपाहियों को डाँटकर बोला, "अरे, उस लुटेरे से तुम लोग इस तरह क्यों डरते हो। जाओ, उसे तुरंत बाँध लो।"

तभी रॉबिनहुड एक पेड़ के पीछे से निकलकर पादरी के सामने आ खड़ा हुआ। मारे घबराहट के पादरी की घिग्घी बँध गई। रॉबिनहुड बोला, "पादरी साहब! आपको इस गरीब बुढ़िया की झोंपड़ी में आग लगाने की कोई जरूरत नहीं। मैं तो आपके सामने खड़ा हूँ, पकड़ लीजिए।"

पादरी का तो मानो खून सूख गया, उसने एक बार रॉबिनहुड की ओर देखा और फिर आस-पास खड़े हुए उसके साथियों की ओर देखा, फिर अपनी गरदन झुका ली। इस जंगल में इतने थोड़े सिपाहियों को लेकर रॉबिनहुड के सिपाहियों से लड़ाई मोल लेना जैसे अपनी मौत को दावत देना था।

रॉबिनहुड के साथियों ने पादरी के सिपाहियों के सारे हथियार छीन लिये। पादरी अपने साथ बहुत सा धन लाया था, उन्होंने वह भी छीन लिया, फिर पादरी और उसके साथियों को जंगल के बाहर खदेड़ दिया गया।

## कोतवाल की चाल

पादरी ने फिर कभी रॉबिनहुड को छेड़ने की हिम्मत नहीं की और कोतवाल ने भी अपने हाथ खड़े कर दिए, क्योंकि अनेक प्रयास करने के पश्चात् भी वह रॉबिनहुड को नहीं पकड़ पाया था, बल्कि उसने अपने सैकड़ों सिपाहियों की जान गँवा दी थी। अंत में मजबूर होकर कोतवाल लंदन गया। उसने राजकुमार जॉन से फरियाद की, "हुजूर! रॉबिनहुड कोई साधारण लुटेरा नहीं है। उसके पचास हथियारबंद आदमी हमेशा उसके साथ रहते हैं। उसे पकड़ने के लिए एक बड़ी फौज की जरूरत है।"

राजकुमार ने कोतवाल को डाँटते हुए कहा, "यह तुम कैसी बातें करते हो। तुम नॉटिंघम के कोतवाल हो और तुम्हारा फर्ज है अपने इलाके में कोई गड़बड़ी न होने दो। जिस तरह भी हो, तुम्हें लुटेरों और डाकुओं को गिरफ्तार करना ही है।"

कोतवाल अपना सा मुँह लेकर वहाँ से लौट आया। उसकी समझ में नहीं आ रहा था कि वह इस मुसीबत से कैसे छुटकारा पाए।

बहुत सोचने के बाद उसे एक चाल सूझी। रॉबिनहुड और उसके साथी प्रतियोगिताओं के बड़े शौकीन थे और करीब-करीब हर प्रतियोगिता में भाग लेते थे। इसलिए उसने डुग्गी पिटवाकर शहर में

ऐलान करा दिया कि अगले हफ्ते नॉटिंघम में एक प्रतियोगिता होगी और जो जीतेगा, उसे सोने का एक तीर इनाम में दिया जाएगा।

प्रतियोगिता की खबर रॉबिनहुड और उसके साथियों तक जा पहुँची। उन्होंने तय किया कि इस प्रतियोगिता में हमें भाग लेना चाहिए।

जिस दिन प्रतियोगिता शुरू होने वाली थी, उस दिन रॉबिनहुड और उसके साथियों ने अलग-अलग वेश बनाया और अपने चेहरे रँगे। देखने में वे एक-दूसरे तक को नहीं पहचान पाते थे। पूरी तैयारी के साथ रॉबिनहुड अपने साथियों के साथ नॉटिंघम को चल पड़ा।

इस बार कोतवाल ने भी उन्हें गिरफ्तार करने की पूरी तैयारी कर रखी थी। उसने आस-पास के भी बहुत से सिपाही शहर में बुला लिये थे और जगह-जगह पहरा लगा दिया था। सिपाही राह चलनेवालों को रोककर कड़ाई से पूछताछ करते थे। लेकिन मुकाबला देखने के लिए शहर में हजारों आदमियों की भीड़ आ रही थी, उनमें रॉबिनहुड और उसके साथियों को पहचान पाना असंभव था।

प्रतियोगिता वाले दिन वे लोग शहर में दाखिल हो गए। मुकाबला शुरू हुआ। रॉबिनहुड ने भी उसमें भाग लिया। वह हर खेल में जीतने लगा, इसलिए लोगों को उस पर शक होने लगा। कोतवाल ने सोचा कि इतना सच्चा निशानेबाज तो इंग्लैंड में सिर्फ एक ही है और वह है रॉबिनहुड। उसने तुरंत अपने सिपाहियों को इशारा किया।

मुकाबला समाप्त होने पर रॉबिनहुड सोने का तीर इनाम में लेने के

लिए कोतवाल के सामने आ खड़ा हुआ। उसने सलाम करके तीर ले लिया, जब वह लौटकर जाने लगा तो कोतवाल ने अपने सिपाहियों को हुक्म दिया, "पकड़ लो इस लुटेरे को।" लेकिन कोतवाल अभी अपनी बात पूरी भी नहीं कह पाया था कि इतने में एक जोर का तमाचा उसके मुँह पर पड़ा। कोतवाल के पैर लड़खड़ा गए। थोड़ी देर तक तो वह समझ ही नहीं पाया कि यह क्या हुआ। लिटिल जॉन कोतवाल के पास ही खड़ा था। उसी ने कोतवाल को एक तमाचा जड़ा था। उसे देखकर कोतवाल का खून खौल उठा। वह उसकी ओर झपटा, लेकिन तभी रॉबिनहुड के एक दूसरे साथी ने उसे घूँसा मारा। कोतवाल को बचाने के लिए उसके सिपाही दौड़ पड़े। देखते-ही-देखते वहाँ लड़ाई छिड़ गई। तमाशा देखने वाले भी दौड़ में शामिल हो गए। चारों ओर भगदड़ मच गई। इसी बीच रॉबिनहुड ने तुरही बजाकर अपने साथियों को वहाँ से भाग निकलने का इशारा किया। मैदान के दरवाजे पर दो सिपाही रास्ता रोके खड़े थे, लेकिन दूसरे ही क्षण वे दोनों तीर खाकर जमीन पर गिर गए। रॉबिनहुड और उसके साथी वहाँ से भाग निकले।

कोतवाल के सिपाही उनका पीछा करने लगे। वे बराबर तीर चला रहे थे। एक तीर आकर जॉन के पैर में लगा। वह लड़खड़ाकर घोड़े से गिर पड़ा। रॉबिनहुड ने तुरंत उसे उठाकर अपने घोड़े पर डाल लिया और तेजी से घोड़ा दौड़ाता हुआ वहाँ से दूर निकल गया।

वहाँ से बचकर रॉबिनहुड और उसके साथी जंगल में पहुँच गए।

मेरियन घायलों की सेवा करने लगी। यहाँ से कुछ दूरी पर टक नाम का एक फकीर रहता था। वह रॉबिनहुड का मित्र था। तुरंत उसे बुलाया गया। उसने लिटिल जॉन की मरहम-पट्टी की और उसे होश में लाने की कोशिश करने लगा। सब लोग तो आ गए, लेकिन विल स्टटली नहीं दिखाई दे रहा था। पता नहीं, वह कहाँ रह गया था।

उधर कोतवाल अपने सिपाहियों के साथ जश्न मना रहा था। सबके हाथों में शराब के प्याले छलक रहे थे कि तभी एक चमकीली चीज उसकी टेबल पर आ गिरी। वह वही सोने का तीर था, जो रॉबिनहुड को इनाम में दिया गया था। तीर में एक परचा बँधा हुआ था, जिसमें लिखा था, "तुम्हारे जैसे धोखेबाजों से रॉबिनहुड इनाम नहीं लेता और ऐसे गद्दारों को माफ नहीं करता। अब तुम्हारी मौत नजदीक आ गई है, होशियार रहना।"

# कोतवाल की मौत

प्रतियोगिता से भागते हुए कोतवाल के सिपाहियों ने विल स्टटली को गिरफ्तार कर लिया था। कोतवाल की खुशी का ठिकाना नहीं था। वह रॉबिनहुड के एक साथी को पकड़ने में अपनी बहुत बड़ी जीत समझ रहा था। जश्न मनाने के साथ-साथ उसने यह ऐलान भी कर दिया था कि 'स्टटली को फाँसी पर लटकाने की तैयारी करो, ताकि रॉबिनहुड को भी पता चले कि हमसे टकराने का अंजाम क्या होता है।'

रॉबिनहुड और उसके साथी चुप नहीं बैठे थे। नगर के पूर्वी दरवाजे के पास रॉबिनहुड ने अपने साथियों को इकट्ठा किया और कहा, "हम लोगों को कुछ देर तक तो जंगल में ही छिपना पड़ेगा, फिर हममें से कोई एक व्यक्ति अंदर जाएगा। पहले वह अंदर से खबर ले आए, तब दरवाजा खुलवाने की कोशिश की जाए। बिना दरवाजा खुले तो अंदर घुसना मुश्किल ही है।"

अभी वे बातें कर ही रहे थे कि तभी कुछ दूरी पर एक जवान पादरी आता हुआ दिखाई दिया। उसे आता देख रॉबिनहुड उसके पास गया और बोला, "कहिए पादरी साहब! शहर के क्या हाल-चाल हैं? सुना है, आज किसी लुटेरे को फाँसी पर चढ़ाया जा रहा है?"

"हाँ, मैंने भी सुना है कि किसी विल स्टटली नामक एक डाकू को

आज बारह बजे फाँसी पर लटकाया जाएगा।"

"तो फिर पादरी साहब! ऐसे मौके पर आप कहाँ जा रहे हैं? फाँसी के समय उसे भगवान् का नाम कौन याद दिलाएगा और उसकी आत्मा की शांति के लिए प्रार्थना कौन करेगा?"

"लेकिन अब तो अंदर जाना संभव नहीं है, सारे दरवाजे बंद हैं और फिर मैं एक छोटा पादरी हूँ। मुझे तो पहरेदार किसी भी हालत में अंदर नहीं जाने देंगे।" पादरी बोला।

पादरी को जैसे कुछ-कुछ शक होने लगा था कि यह रॉबिनहुड ही है और अपने साथी को छुड़ाने का उपाय कर रहा है। उसने कहा, "इधर के दरवाजे पर तो बहुत सख्त पहरा है, लेकिन उत्तर के दरवाजे के पास इतना सख्त पहरा नहीं है। इसके अलावा वहाँ पास ही एक टीला भी है, जिसे पार करके अंदर जाया जा सकता है।" यह कहकर पादरी वहाँ से चला गया।

इसके बाद रॉबिनहुड अपने साथियों को लेकर उत्तरी दरवाजे के पास पहुँचा। उसका साथी आर्थर आगे बढ़ा। उसने देखा, दरवाजे के आगे एक बड़ी खाई थी, लेकिन उसका पानी करीब-करीब सूख चुका था। आर्थर आसानी से उसे पार करके दरवाजे के पास जा पहुँचा। दरवाजे पर एक बेल चढ़ी हुई थी। उसी को पकड़कर वह ऊपर चढ़ गया और अंदर जा पहुँचा। अंदर एक पहरेदार खड़ा था। आर्थर ने पीछे से जाकर उसका गला दबा दिया और उसे इस तरह खींचता हुआ दरवाजे के पास की एक

कोठरी में ले गया कि पहरेदार चिल्ला भी न सका। आर्थर ने उसके मुँह में कपड़ा ठूँसकर उसके हाथ-पैर बाँध दिए, फिर उसकी वरदी उतारकर खुद पहन ली। फिर वह दरवाजे को खोलने की युक्ति सोचने लगा। दरवाजा खुलते ही रॉबिनहुड अपने साथियों को लेकर अंदर घुस गया। सब एक जगह छिपकर आगे की योजना बनाने लगे।

उधर स्टटली को फाँसी पर चढ़ाने की तैयारी की जा रही थी। पहले तो उसने सोचा कि उसका मित्र रॉबिनहुड जरूर उसे बचाने आएगा, लेकिन देर होते देखकर वह आशा छोड़ने लगा। इतने में एक़ पादरी पास आकर कोतवाल से बोला, "हुजूर! इस गरीब को मरना ही है, आपकी इजाजत हो तो जरा मैं इसे ईश्वर की याद दिला दूँ। इस तरह मरने पर इसकी आत्मा को शांति मिलेगी।" हरफोर्ड का पादरी कोतवाल के पास खड़ा हुआ था, वह नाराज होकर बोला, "नहीं-नहीं, ऐसे पापी को ईश्वर का नाम सुनाने की क्या जरूरत?"

लेकिन कोतवाल ने उस युवक पादरी को विल के पास जाने और थोड़ी देर तक उपदेश देने की इजाजत दे दी।

पादरी विल के पास उसके कान में बोला, "विल! घबराओ मत, तुरंत लड़ने के लिए तैयार हो जाओ।" यह पादरी और कोई नहीं, रॉबिनहुड का ही एक साथी था। उसने देखते-देखते विल के सारे बंधन खोल दिए।

यह देखकर कोतवाल चिल्लाया, "अरे, यह क्या? पकड़ो इस बदमाश को!" कोतवाल के सिपाही पहले तो कुछ नहीं समझ पाए, फिर

जब उन्होंने रॉबिनहुड के साथियों को कोतवाल पर हमला करते देखा तो वे भी उन पर टूट पड़े, लेकिन इस बीच रॉबिनहुड ने अपनी तुरही बजा दी और अचानक ही सिपाहियों पर तीरों की वर्षा होने लगी। इस अचानक हमले से सिपाही घबराकर भागने लगे, लेकिन इतने पर भी रॉबिनहुड के साथियों को विजय नहीं मिली, क्योंकि सिपाहियों ने दरवाजे के पास इकट्ठे होकर उनका रास्ता रोक लिया था। रॉबिनहुड के साथी भागकर दक्षिणी दरवाजे की ओर पहुँचे। वह खुला था और वहाँ पहरेदार भी कम थे। थोड़ी लड़ाई के बाद उन्हें दरवाजा पार करने में सफलता मिल गई और दरवाजे से बाहर निकल गए।

दक्षिण का दरवाजा शेरवुड के जंगल की ओर ही पड़ता था, लेकिन इसमें एक दिक्कत यह थी कि सामने पहाड़ पड़ता था, जिसे पार किए बिना जंगल में जाना संभव नहीं था। किले के बुर्ज से सिपाही उन पर तीर चला रहे थे। बड़ी मुश्किल से वे लोग अपनी जान बचा सके और भागकर जंगल में पहुँचे।

भागते समय रॉबिनहुड के हाथ में चोट लग गई। घाव से खून बहते देख युवा पादरी ने फौरन अपना रूमाल निकालकर घाव पर बाँध दिया। यह देखकर रॉबिनहुड चौंका। इस रूमाल को वह पहचानता था। यह मेरियन का रूमाल था। वह बोला, "मेरियन!"

वह मेरियन ही थी, जिसने पादरी का रूप बना रखा था। मेरियन बोली, "हाँ रॉबिन! तुम मुझे लड़ाई में भाग लेने के लिए आने नहीं देना

चाहते थे, इसलिए मुझे पादरी का वेश बदलना पड़ा।"

उसी समय विल वहाँ आकर बोला, "जल्दी करो, हम लोग चारों ओर से घिर गए हैं। लगता है, इस बार बचकर निकलना मुश्किल है।" सबने देखा, सचमुच पहाड़ की ओर से बहुत सारे घुड़सवार तेजी से दौड़े चले आ रहे थे, लेकिन थोड़ी ही देर में मालूम हो गया कि वे दुश्मन के सिपाही नहीं थे। उनके साथ सबसे आगे रिचर्ड आ रहा था। वे रॉबिनहुड को छुड़ाने के लिए अपने सिपाहियों के साथ आए थे। इसके बाद सर रिचर्ड रॉबिनहुड और उसके साथियों को अपने महल में ले गए। वहाँ उन लोगों का बड़ा स्वागत-सत्कार किया गया।

जब कोतवाल को इसकी सूचना मिली तो वह भी अपने साथियों को लेकर उसके महल के दरवाजे पर पहुँचा और ललकारकर बोला, "सर रिचर्ड! तुमने हमें धोखा दिया है। तुम लुटेरों के दोस्त हो। तुमने रॉबिनहुड को अपने महल में रखा है। चुपचाप दरवाजा खोल दो और लुटेरों को हमारे हवाले कर दो, वरना ठीक नहीं होगा।"

सर रिचर्ड ने अपने महल की खिड़की से कहा, "कोतवाल! छोटा मुँह और बड़ी बात अच्छी नहीं लगती। तुम किसके हुक्म से मुझे दरवाजा खोलने को कह रहे हो? हुक्मनामा लाए हो?"

"हुक्मनामा! कैसा हुक्मनामा? मैं नॉटिंघम का कोतवाल हूँ, यह दुनिया जानती है।"

सर रिचर्ड ने कहा, "ठीक है, लेकिन मैं राजा के हुक्म के अलावा

और किसी का हुक्म नहीं मानता। जाओ, चुपचाप यहाँ से चले जाओ वरना मैं खुद तुम्हें अपने यहाँ कैद कर लूँगा।"

सर रिचर्ड इंग्लैंड का बहुत बड़ा सरदार था। कोतवाल जानता था कि वह उसका कुछ नहीं कर सकता। कोतवाल अपना सा मुँह लेकर वापस लौट आया।

सर रिचर्ड ने कहा, "रॉबिनहुड, तुमने मुझ पर जो उपकार किया था, आज मैंने उसका बदला चुका दिया।"

"कैसा उपकार सरदार! मुझे तो पहले ही उसका बदला मिल गया।" रॉबिन बोला।

"वह किस तरह?"

"आपके जाते ही हरफोर्ड का पादरी सारा रुपया लौटा गया।" फिर रॉबिनहुड ने सर रिचर्ड को पादरी से मिलने वाले रुपयों का पूरा किस्सा बताया कि किस तरह उसके साथियों ने पादरी को घेरकर उससे रुपया छीन लिया था।

इसके बाद रॉबिनहुड और उसके साथियों को सर रिचर्ड ने कई दिनों तक अपने महल में रखा और उनका खूब सत्कार किया।

कुछ समय बाद मेरियन और रॉबिनहुड का विवाह जंगल में ही कर दिया गया। दोनों खुशी से रहने लगे।